Bianca™

Maisey Yates
Dulce combate

HARLEQUIN™

Editado por Harlequin Ibérica.
Una división de HarperCollins Ibérica, S.A.
Núñez de Balboa, 56
28001 Madrid

© 2015 Maisey Yates
© 2015 Harlequin Ibérica, una división de HarperCollins Ibérica, S.A.
Dulce combate, n.º 2400 - 15.7.15
Título original: His Diamond of Convenience
Publicada originalmente por Mills & Boon®, Ltd., Londres.

I.S.B.N.: 978-84-687-6225-8
Depósito legal: M-13543-2015
Impresión en CPI (Barcelona)
Fecha impresion para Argentina: 11.1.16
Distribuidor exclusivo para España: LOGISTA
Distribuidor para México: CODIPLYRSA
Distribuidores para Argentina: Interior, DGP, S.A. Alvarado 2118.
Cap. Fed./Buenos Aires y Gran Buenos Aires, VACCARO HNOS.

Capítulo 1

VICTORIA odiaba ese tipo de gimnasios. Odiaba sus cuadriláteros, sus sacos de arena y su ambiente cargado de testosterona y sudor. Además, la iluminación le parecía demasiado tenue; aunque, puestos a elegir, prefería una luz que no enfatizara la suciedad y las manchas de las lonas, sangre incluida.

Definitivamente, no eran sitios que le gustara visitar. Pero Dimitri Markin estaba en uno de ellos, y necesitaba hablar con él.

Se pasó una mano por el pelo, entró en el local y lo cruzó entre el sonido de sus zapatos de tacón alto, que resonaban en el suelo de cemento. Notó las miradas de los presentes, pero hizo caso omiso. Los hombres musculosos solo le interesaban cuando tenía que levantar algo que pesaba mucho. Y apenas se inmutó cuando uno de ellos le dedicó un silbido de admiración. Se limitó a alzar la barbilla, agarrar el bolso con más fuerza y seguir caminando con tranquilidad.

Sabía que a los hombres les encantaba su actitud distante. Se lo tomaban como un desafío, y les gustaba más. Lo había comprobado muchas veces a lo largo de los años, y era uno de los motivos por los que no quería saber nada de ellos.

Sin embargo, la desconfianza de Victoria tenía raíces más profundas. Decidida a mantener la paz familiar y a recuperar el respeto de su padre, había llegado al extremo de admitir un matrimonio de conveniencia con un príncipe. Pero el noviazgo terminó de mala manera. Su prometido se enamoró de la persona que los había presentado, así que ella volvió a su vida de costumbre y se concentró en sus obras de caridad y en su papel de representante de la familia ante los medios de comunicación.

Hasta que se enteró de que Dimitri Markin tenía algo que ella quería. Y de que ella tenía algo que él quería.

Si su plan salía bien, sería mucho mejor que casarse con un aristócrata. Hasta conseguiría que su familia la perdonara por el dolor que les había causado. E iba a salir bien. No podía fracasar. No se podía permitir el lujo de un fracaso.

Al llegar al fondo de la enorme sala, abrió una puerta y entró en una más pequeña, donde dos hombres estaban luchando con tanta energía como si su vida dependiera de ello. Los dos iban desnudos de cintura para arriba y los dos llevaban calzones oscuros.

Reconoció a Dimitri en cuanto lo vio. Era más alto que su adversario, y tenía un brazo lleno de tatuajes. Victoria no sabía lo que significaban los símbolos que decoraban su piel, solo sabía que, según la prensa del corazón, formaban parte del encanto que había convertido a Dimitri en un hombre deseado por la mayoría de las mujeres. Pero ella no era como la mayoría. Solo le interesaban sus tatuajes porque la podían ayudar a encontrar lo que buscaba.

Se detuvo, cruzó los brazos y dijo:

—¿Dimitri Markin?

Él dejó de pelear y se giró hacia ella, jadeando. Su cuerpo estaba cubierto de sudor, y Victoria clavó la mirada en las gotas que descendían por sus perfectos abdominales, cada vez más cerca de los calzones, siguiendo una fina línea de vello que desaparecía bajo la tela.

Incómoda, subió la cabeza y lo miró a la cara, pero casi fue peor. Las fotografías de la prensa no le hacían justicia. Era tan inmensamente atractivo que se puso tensa al instante y, durante unos momentos, no supo qué hacer ni qué decir.

Dimitri Markin había recibido muchos golpes durante su larga carrera de luchador. Victoria suponía que le habrían dejado marcas en el rostro, y no se equivocaba. Tenía una cicatriz en el labio superior y una pequeña protuberancia en la nariz, como si se la hubieran roto en algún momento. Pero, en lugar de deformarlo, le daban un aire más interesante. Un aire rebelde y desenfadado a la vez.

Respiró hondo e hizo un esfuerzo por recobrar la compostura. Por muy guapo que fuera, estaba allí para hablar con él y llegar a un acuerdo. No se podía distraer con tonterías. Aquel hombre le podía dar lo que necesitaba para hacer las paces con su padre y seguir adelante con su vida.

Por desgracia, sus ojos parecían tener ideas propias. Después de admirar la cara de Dimitri, pasaron a admirar su ancho y fuerte pecho. ¿Qué le estaba pasando? Victoria le restó importancia y se dijo que era perfectamente natural. Estaba ante el cuerpo de un maestro en artes marciales. Y aunque todo el mundo sabía que llevaba más de una década fuera del circuito, era obvio que se mantenía en buena forma.

—Sí, soy yo —contestó él.

Victoria carraspeó, desconcertada con el efecto que había causado en ella.

–Soy Victoria –dijo–. Victoria Calder.

–No recuerdo haber oído tu nombre con anterioridad, y tampoco recuerdo que tuviéramos una cita –comentó Dimitri con su suave acento ruso–. ¿Has venido a retarme a un combate?

Ella lo miró con sorna.

–Dudo que recibas muchas visitas de mujeres dispuestas a luchar contigo.

Él sonrió de oreja a oreja y ella sintió un calor tan intenso como incómodo.

–Haces mal en dudar. Me ocurre con bastante frecuencia.

–Sí, bueno... –Victoria se puso nerviosa–. En cualquier caso, no he venido por eso.

–Si estás aquí por un asunto de negocios, será mejor que llames a mi secretaria y pidas una cita. Es lo que se suele hacer en esos casos –replicó Dimitri–. Y ahora, márchate y déjame en paz. O quítate la ropa, como prefieras.

Victoria intentó mantener el control de sus emociones. Era consciente de que Dimitri estaba esperando que se ruborizara, y no le quería dar esa satisfacción. Pero se ruborizó de todos modos.

–Prefiero seguir vestida, si no te importa –dijo–. ¿Podríamos hablar en un lugar más cómodo?

–¿Más cómodo? Yo me siento perfectamente cómodo.

–Al menos, dile a ese hombre que se marche...

–¿Por qué? ¿Porque te vas a desnudar?

Ella carraspeó y lo miró con desdén.

–Te vas a quedar con las ganas de que me desnude. Seguiré vestida hasta que llegue a casa, momento en que me daré un baño de agua caliente. He tenido un día difícil, y creo que me lo merezco –contestó, muy seria–. Pero, volviendo al asunto original, tengo que hablar contigo.

–¿De qué? No nos conocemos. Y no me he acostado contigo, así que tampoco te he causado ningún problema.

Victoria apretó los dientes. Aquello iba a ser más difícil de lo que había imaginado.

–O se va él o me voy yo –dijo con firmeza–. Y estoy segura de que querrás escuchar lo que tengo que decir.

Dimitri ladeó la cabeza y sonrió de nuevo.

–Nigel, ¿nos podrías dejar solos durante unos minutos?

El otro hombre asintió y se fue. Dimitri miró entonces a Victoria y dijo, con tono de orden:

–Habla.

–Yo no soy un perro. Si quieres que hable contigo, dirígete a mí con más respeto.

Dimitri rio.

–Muy bien, como quieras... Pero habla de una vez, porque necesito darme una ducha.

Victoria intentó mantener la calma. Estaba delante de un hombre semi desnudo y cubierto de sudor que, para empeorar las cosas, le gustaba mucho. No era precisamente la situación que había imaginado. Su plan no incluía la posibilidad de encapricharse de Dimitri.

–He venido a hacerte una pregunta.

–Te escucho.

–¿Te quieres casar conmigo?

Dimitri miró a la impresionante rubia que estaba ante él. Esbelta, pálida y de piernas largas, tenía una expresión que habría intimidado a muchos hombres. Y si su expresión no los hubiera intimidado, se habrían sentido pequeños ante su fuerte acento de aristócrata inglesa.

Pero él no era un hombre normal y corriente. Ni se dejaba intimidar ni se sentía menos que nadie, en ningún caso.

–Lo siento, pero tendrías más éxito con tu propuesta si te desnudaras antes.

Ella arqueó una ceja perfectamente depilada.

–Veo que te gustan las emociones baratas.

Él se cruzó de brazos y dijo, mientras admiraba sus curvas:

–Sí, me gustan mucho. Aunque, últimamente, también me puedo permitir las caras.

–Pues no te hagas ilusiones conmigo. Mi propuesta no incluye las relaciones sexuales.

–¿Ah, no? Pensaba que el sexo estaba incluido en el matrimonio... Aunque no se necesite estar casado para acostarse con nadie –declaró–. Yo lo sé muy bien. Me he acostado con muchas mujeres.

Victoria asintió.

–Lo sé. Y tu reputación de mujeriego te está complicando las cosas con la Fundación Colvin Davis.

–¿Cómo es posible que sepas eso?

Dimitri lo preguntó con interés. Sus planes no eran de dominio público. Solo se lo había dicho a unas cuantas personas, y todas eran dignas de confianza. Sin embargo, Victoria Calder tenía razón. Su reputación de mujeriego y el simple hecho de que se hubiera ganado la vida en el circuito de artes marciales le estaban cerrando demasiadas puertas. Y no podía fracasar.

Lamentablemente, Colvin había fallecido. Ya no tenía forma alguna de demostrarle su agradecimiento. Pero estaba decidido a dar al mundo lo que Colvin le había dado a él cuando lo encontró en Moscú: una oportunidad para los niños que habían nacido sin ninguna.

–Suelo estar bien informada –respondió Victoria–. Tengo muchos contactos en fundaciones y organizaciones no gubernamentales, que uso cuando me interesa.

–¿Insinúas que mi fundación te interesa? ¿Es que te beneficia de alguna manera?

Victoria clavó en él sus ojos azules.

–No, de ninguna. Pero te ayudaré por el bien de los niños.

Dimitri soltó una carcajada.

–Oh, sí, por supuesto... –dijo con ironía.

–¿No me crees?

–Sinceramente, me extraña que una princesa de hielo como tú se interese por el bienestar de niños que no tienen nada –dijo–. Pero me extrañaría menos si te mostraras más cálida.

Ella suspiró.

–Pues lo siento mucho. Hoy no estoy de humor para ese tipo de calidez. Además, prefiero dedicar mi pasión a mi trabajo, obras de caridad incluidas. Y ahora, volviendo a mi propuesta... Quiero que me devuelvas London Diva.

Dimitri frunció el ceño al oír el nombre de una de las empresas que le pertenecían.

–¿Cómo?

–London Diva –repitió ella–. Quiero que se la devuelvas a mi familia.

–¿A tu familia? London Diva era propiedad de Nathan Barrett cuando la compré. No pertenecía a ningún Calder.

—Pero la fundó un Calder.

—Ah, es verdad... –dijo él, recordándolo de repente–. Geoffrey Calder... ¿Quién eres tú? ¿Su hija?

—En efecto.

Dimitri asintió.

—Así que te presentas aquí, me ofreces que me case contigo y, a continuación, exiges una de mis empresas. ¿A cambio de qué, si se puede preguntar?

—A cambio de algo que yo tengo y que tú no puedes comprar.

Él la miró con ironía.

—Tengo tanto dinero que puedo comprar lo que quiera.

—Menos una buena reputación.

Victoria le lanzó una mirada tan cómicamente angelical que Dimitri estuvo a punto de sonreír. Tenía la sospecha de que aquella mujer era capaz de mostrarse inocente como una niña antes de degollar a un hombre.

—¿Y por qué piensas que necesito mejorar mi reputación?

—Porque, si lo que me han contado es cierto, quieres que esa fundación salga adelante. Pero nadie te va a apoyar en este caso. Se trata de niños, Dimitri. Y tú tienes fama de ser un hombre cascarrabias, malhablado, malhumorado y con tendencia al exceso. ¿He olvidado algo?

Él dio un paso adelante y sonrió al ver que ella se estremecía ligeramente.

—Sí, aunque ya lo habías dicho antes. Has olvidado que soy un mujeriego, y que eso no ayuda precisamente a mi causa.

–Pero sería irrelevante si no te hubieras acostado con demasiadas mujeres casadas, algunas de las cuales tenían niños. Y ahora te acusan de destruir familias.

–Supongo que te refieres a Lavinia... –dijo él, refiriéndose al último de sus escándalos–. Yo no sabía nada cuando me acosté con ella.

–¿No sabías que estaba casada?

–No me preocupa el estado civil de mis amantes. Si están casadas y se quieren acostar conmigo, es asunto suyo. Ellas sabrán lo que hacen –respondió–. Pero no me refiero a eso, sino al hecho de que Lavinia tuviera hijos.

A decir verdad, Dimitri prefería hacer el amor con mujeres que estaban comprometidas con otros hombres y que solo buscaban sexo. Era la única forma más o menos segura de evitar posibles complicaciones emocionales.

–Lo dices como si fueras prácticamente un santo... –se burló ella.

–Sí, el santo patrón del vodka y los orgasmos.

Victoria se ruborizó.

–Pues es extraño que no tengan tu imagen en las iglesias...

–Será porque me han excomulgado –ironizó él.

–Sí, bueno... –dijo, nerviosa–. En cualquier caso, yo te puedo ayudar.

–¿Cómo? ¿Casándote conmigo?

Ella rio.

–No seas tan obtuso. No nos tendríamos que casar. Solo tendríamos que comprometernos y dejarnos ver en público durante una temporada, lo justo para que tus problemas desaparezcan.

–Vaya, veo que lo has pensado bien...

Dimitri lo dijo con un fondo de admiración. Victoria era una mujer dura y astuta, que habría sido una gran luchadora si se hubiera dedicado a las artes marciales. Pero no se dedicaba a eso y, además, la encontraba de lo más irritante.

—Por supuesto que sí. No habría venido a verte si no tuviera un buen plan —dijo con desdén.

Él la miró a los ojos y decidió complicarle un poco las cosas. Obviamente, estaba acostumbrada a salirse con la suya e imponer su voluntad. Necesitaba que le bajaran los humos.

—De todas formas, has venido en mal momento. Me están esperando, y eso significa que tengo que volver a casa, ducharme y cambiarme de ropa.

—¿Y dónde está tu casa?

—Por suerte para ti, en el piso de arriba.

Dimitri vivía justo encima del gimnasio, que no se encontraba precisamente en uno de los barrios de moda. Pero era el lugar donde había empezado cuando se mudó a Londres, y seguía en él por motivos sentimentales que se volvieron más intensos tras el fallecimiento de Colvin. La muerte de su mentor le había afectado mucho, y estando allí, en una casa tan llena de recuerdos, se sentía como si no hubiera desaparecido por completo.

En general, Dimitri era de la clase de hombres que preferían seguir adelante sin pensar demasiado en el pasado. Pero el caso de Colvin era diferente. Además de darle una oportunidad cuando más la necesitaba, su viejo amigo también le había dado una vida nueva. Una vida que consistía en algo más que dormir en el suelo, tapado con una manta vieja. Una vida que consistía en algo más que recibir golpe tras golpe en trabajos de mala muerte.

Y ahora, la aristocrática Victoria Calder se presentaba en su hogar y le planteaba las cosas de tal manera que solo podía elegir entre dos opciones: contraer matrimonio con ella o fracasar en su intento de honrar la memoria de Colvin Davis.

Era prácticamente una extorsión.

—¿Quieres que suba a tu casa y espere mientras te duchas? —preguntó ella con incredulidad.

—Si no te importa.

Ella sacudió la cabeza.

—No, claro que no... ¿por qué me iba a importar? —dijo, insegura.

—Entonces, sígueme.

Dimitri se acercó a una puerta que estaba en el fondo de la sala e introdujo un código de seguridad en un panel. Después, abrió la puerta y se puso a un lado.

—Ve tú delante.

Victoria lo miró con frialdad.

—Lánzame todas las miradas heladas que quieras —continuó él—, pero te aseguro que soy inmune a esas cosas. No me hacen daño.

—No pretendía hacerte daño. Sería contrario a mis intereses.

—A tu interés de casarte conmigo... —Dimitri asintió—. Sí, por supuesto. No sería lógico que te quedaras viuda antes de conseguir lo quieres.

—Exactamente.

Él sonrió y la siguió por la escalera, sin apartar la vista de su precioso y perfecto trasero. Durante unos segundos, dejó de pensar en la trampa que le había tendido y se concentró en lo bien que le quedaba la falda de tubo. Hasta que ella se giró de repente y arqueó una ceja en gesto de recriminación. Entonces,

Dimitri recordó todos los motivos por los que nunca salía con mujeres como Victoria Calder, por muy atractivas que estuvieran con falda.

A él le gustaban los placeres sencillos, sin complicaciones.

La vida era dura. El trabajo era duro. Pero, desde su punto de vista, el sexo tenía que ser fácil. Y Victoria era cualquier cosa menos fácil.

–¿Me quieres decir algo? –preguntó él.

Ella sacudió la cabeza, apretó los labios y siguió escaleras arriba hasta que llegó a una puerta que no pudo abrir. Él se acercó por detrás y extendió un brazo para introducir otro código en otro panel. Victoria se puso tan tensa que Dimitri lo encontró inmensamente satisfactorio.

Nunca le habían gustado las sorpresas. Especialmente, cuando consistían en una mujer que se presentaba en sus dominios y empezaba a exigir cosas. Él no era un perro. No acataba órdenes de nadie. Y Victoria lo iba a descubrir muy pronto.

El hecho de que estuviera considerando la posibilidad de aceptar su oferta no significaba en modo alguno que ella tuviera la mano ganadora. Le había revelado lo suficiente como para intuir que se jugaba más que él, y estaba dispuesto a aprovecharlo en beneficio propio.

Aunque ya no participara en competiciones, seguía siendo un luchador. Y todos los que entraban en su territorio se convertían automáticamente en adversarios. En ese sentido, Victoria no era distinta a los demás. La estudiaría, reconocería sus debilidades y, llegado el caso, las utilizaría en su contra.

–Adelante –dijo él.

Victoria entró en la casa con la cabeza bien alta, tan fría como orgullosa. A Dimitri le pareció admirable, pero también le pareció que aquel orgullo era su punto débil. Evidentemente, no soportaba la idea de perder el control.

Cerró la puerta y la siguió sin decir nada, mientras ella observaba su santuario de muebles modernos y superficies de cristal y metal, donde predominaban los tonos blancos y negros. Sabía que la había sorprendido. No era lo que esperaba ver después de haber pasado por el gimnasio.

–Espérame. Solo tardaré unos minutos.

Dimitri entró en el cuarto de baño y, sin molestarse en cerrar la puerta, se quitó la ropa y se metió en la ducha. Si Victoria se atrevía a desafiar a un león en su guarida, tendría que afrontar las consecuencias.

Capítulo 2

VICTORIA se quedó en el impecable y ultra-moderno salón, aferrada a su bolso como si fuera un salvavidas, sin saber qué hacer.

Dimitri se había quitado la ropa y se había metido en la ducha.

Sin cerrar la puerta.

Y ahora estaba desnudo bajo el chorro de agua que podía oír con toda claridad.

Era evidente que lo había hecho con intención de intimidarla. Pero su táctica estaba condenada al fracaso. Ella no se doblegaba ante ningún tipo de intimidación. Aunque fueran de las que provocaban una debilidad súbita en las rodillas.

Sin embargo, no podía negar que se sentía incómoda. Su mente volvía una y otra vez al hecho de que Dimitri estuviera desnudo. Algo insólito en ella. O, más que insólito, completamente nuevo. Porque Victoria sabía que el deseo podía ser una debilidad, y lo había expulsado de su vida.

Suspiró y maldijo su suerte. No esperaba que Dimitri aceptara su propuesta de inmediato, pero tampoco esperaba una cosa así.

Justo entonces, Dimitri salió del cuarto de baño sin más ropa que una toalla alrededor de la cintura. Victoria miró su cuerpo y se sintió como un castillo de arena ante una ola. Había estado tan sumida en sus pensamientos que no se dio cuenta de que ya había terminado de ducharse. Y, una vez más, la había sorprendido.

Decidida a disimular su inseguridad, tragó saliva y dijo, con la más desdeñosa de sus expresiones:

–¿Es que no tienes camisas? Hasta ahora, siempre te he visto desnudo de cintura para arriba.

–No me digas que te incomoda...

–En absoluto. Es simple preocupación. Como sé que eres rico, di por sentado que tendrías dinero suficiente para comprar ropa; pero, si no es así, estaré encantada de regalarte una colección entera de camisas. A fin de cuentas, la caridad es lo mío.

Él soltó una carcajada ronca y profunda que la estremeció.

–Puedes estar segura de que mis necesidades están cubiertas –replicó–. Pero agradezco que te preocupes por mi imagen pública. Obviamente, eres consciente de que también es un motivo de preocupación para mí. Se nota que estás bien informada. ¿Quién te lo ha dicho?

Victoria se dio unos golpecitos en la barbilla.

–Una dama no cuenta nunca esas cosas. Sin embargo, yo no me preocuparía demasiado por ese problema, al menos, en lo tocante a nosotros. Como ya he dicho, no llegaremos a casarnos.

–Pero tendré que regalarte un anillo de compromiso, ¿verdad?

Ella arqueó una ceja.

–Si insinúas que te he ofrecido el matrimonio para que me regales una joya cara, te equivocas. No necesito tu dinero. Tengo más que suficiente, y puedo pagar el maldito anillo.

Victoria se arrepintió de haber hablado de un modo tan brusco, pero no lo pudo evitar. Su insinuación sobre el dinero le había recordado un asunto muy doloroso.

Tras perder London Diva, su padre le había retirado todo su apoyo, desde el emocional hasta el económico. Para Victoria fue un desastre en todos los sentidos. Su madre los había abandonado, y llevaba tantos años sin ella que casi no la recordaba. Pero eso carecía de importancia, porque tenía a su padre. Y, de repente, se comportaba como si ya no estuviera ante su pequeña princesa, sino ante una criatura cobarde y llena de defectos.

No le había retirado la palabra. No la había humillado en público ni la había echado de su casa. Pero su aire de desaprobación empezó a ser tan palpable que casi se podía cortar con un cuchillo.

Desde entonces, Victoria había aprendido a ser independiente.

Accedió a su fideicomiso, hizo unas cuantas inversiones y, a continuación, devolvió la suma que había retirado.

Ahora sobrevivía con sus propios recursos. Sin embargo, aquellos días de desesperación habían tenido dos consecuencias positivas: la primera, que había aprendido el valor de la independencia y de trabajar para ganarse la vida; la segunda, que había empezado a colaborar en proyectos solidarios. A decir verdad, sus preocupaciones sociales no tenían un origen del todo limpio. Al principio, solo habían sido una forma de redimirse ante su padre. Pero, al final, se habían convertido en algo esencial para ella.

–Oh, vamos... Sé que solo quieres la antigua empresa de tu familia –dijo él–. No digas tonterías.

–Tienes razón. Solo quiero esa empresa. Y no creo que su pérdida te preocupe demasiado, teniendo en cuenta que solo es una pieza menor en tu imperio económico.

Él guardó silencio y la miró a los ojos como si estuviera esperando que dijera algo más, así que Victoria se lo concedió.

–Nuestro acuerdo será claro como el agua. Yo recibiré la empresa de mi familia y, a cambio, haré todo lo posible por mejorar tu reputación pública y por ayudarte a conseguir inversores para tu fundación. Además, te garantizo que mi presencia cambiará tu imagen ante los medios.

–Confías mucho en ti misma...

Ella tuvo que hacer un esfuerzo por centrar la vista en sus ojos y apartarla de su pecho desnudo y de sus tatuajes.

–Solo soy consciente de mis habilidades. Puede que no sean gran cosa, pero las tengo. Y también tengo una reputación absolutamente impecable –afirmó–. La prensa se interesó por mí hace unos años, cuando mi compromiso con el príncipe Stavros se rompió. Pero no encontraron nada escandaloso. Y como no he sido protagonista de ningún escándalo desde entonces...

–Tampoco lo habrá ahora –intervino él–. A no ser que... ¿Puedo hacerte una pregunta? ¿Por qué se rompió tu compromiso? ¿Es que le ofreciste un acuerdo como el que me has ofrecido a mí?

–Ni mucho menos. Me iba a casar con Stavros, pero se enamoró de otra persona –contestó–. Fue una situación difícil, que intenté afrontar de la mejor manera posible. No pronuncié ni una palabra ofensiva contra él. No agité nuestros trapos sucios ante los medios de comunicación. Le deseé suerte y me comporté con elegancia en todo momento.

–Sí, no se puede negar que eres muy elegante.

Ella asintió, aunque sabía que lo había dicho con sarcasmo.

Dimitri se puso a caminar de un lado a otro, y Victoria se preocupó por la precaria posición de su toalla. Aunque, más que preocupación, era fascinación pura.

–¿Cuánto tiempo estaremos juntos? –preguntó él.

–Bueno, tenemos que dejarnos ver lo suficiente. Habrá que organizar unas cuantas galas, para que expliques lo que quieres hacer y recibas los donativos oportunos. Además, necesitamos contactos en las altas esferas... y eso lleva su tiempo –respondió–. Supongo que nos llevará tres meses, más o menos.

–¿Tres meses? Prefiero que sea uno.

–Yo también lo preferiría, pero estos asuntos son más complicados de lo que imaginas. Hay que hacer bastante más que gastar dinero a diestro y siniestro.

–Sí, supongo que tienes razón. Y, pensándolo bien, el tiempo no es un problema.

A Victoria no le extrañó que tuviera esa opinión sobre el transcurso del tiempo, porque parecía jugar a su favor. A pesar de tener treinta y tantos años y de haberse dedicado a una profesión tan dura como la suya, su apariencia y su estado físico eran excelentes.

–No te puedo prometer que tengamos éxito –le dijo–. Tu reputación es tan mala que nos podría dar problemas...

–No espero que me garantices el éxito –replicó él–. Solo espero que te esfuerces lo necesario.

Ella se encogió de hombros.

–Eso no será un problema, Dimitri. Pero recuerda

que no puedo hacer milagros... Nadie hace perfume con bosta de caballo.

Dimitri volvió a reír.

—Eres muy graciosa. Lo reconozco.

—Y a mí me alegra que me encuentres tan divertida —replicó con ironía—. En cualquier caso, también te prometo que me abstendré de ser sarcástica contigo cuando estemos en público.

—No hagas eso, por favor... Dudo que la prensa se quede impresionada si me comprometo con una mujer modosa y de apariencia poco inteligente. De hecho, dudo que se lo creyeran. Saben que soy un luchador y que me gusta luchar en todas partes, desde los campeonatos hasta las salas de juntas, pasando por el dormitorio.

Victoria sintió una ola de calor tan intensa que tuvo miedo de que Dimitri adivinara que se sentía atraída por él.

—¿Y qué clase de mujer esperan que sea?

—La clase de mujer que yo desearía. Una mujer astuta, rápida y fuerte, como mis adversarios en las artes marciales. Una mujer que yo crea capaz de vencerme, aunque solo sea por un momento. Siempre me han gustado los desafíos... —afirmó con suavidad—. Limítate entonces a ser tú misma. Será suficiente.

Victoria se sintió extrañamente halagada, pero se dijo que no necesitaba los cumplidos de Dimitri. Solo quería la aprobación de una persona, y esa persona era su padre. El único que la podía absolver de sus errores pasados.

—En ese caso, seré quien soy. Pero ¿cuál de mis versiones prefieres?

Dimitri le dedicó una sonrisa de depredador.

–¿Es que tienes varias versiones de ti misma?

–Como todo el mundo.

Él sacudió la cabeza.

–No. Como todo el mundo, no –dijo con vehemencia–. Yo soy lo que ves y nada más que lo que ves. Sin trampa ni cartón.

–No creo que eso sea verdad.

Victoria fue sincera en su afirmación. Dimitri parecía creer que solo tenía una capa, que la imagen que proyectaba era la suma total de todo lo que era, como si las versiones antiguas de uno mismo desaparecieran por completo con el transcurso de los años. Pero ella sabía que no se esfumaban con tanta facilidad. Los demonios del pasado podían ser extremadamente resistentes.

–Pues deberías creerlo. Aunque solo sea porque, a veces, la vida te cambia y te abrasa de tal forma que la persona que fuiste se derrumba ante tus pies, convertida en ceniza. Y cuando eso ocurre, no tienes más remedio que seguir adelante, te guste o no.

–Suena muy deprimente...

–Y lo es. Pero, en mi caso, he cambiado para bien. Gracias a Colvin, ya no soy la persona que era. Por eso me importa tanto la fundación.

–¿Y cómo eras?

–Malo –contestó.

Victoria se estremeció ligeramente.

–¿Y ahora eres bueno?

–Yo no diría tanto... pero, al menos, no soy tan peligroso.

–¿Es que eras peligroso?

–Si lo fui, ya no importa. Es agua pasada.

Dimitri lo dijo con un tono de voz tan extraño que

a ella se le puso la piel de gallina. Sin embargo, sacó fuerzas de flaqueza y dijo:

–Será mejor que volvamos al problema que nos ocupa. Tengo cosas que hacer.

Victoria fue súbitamente consciente de que estaba hablando con Dimitri como si no estuviera prácticamente desnudo, como si no le importara su apariencia. Pero no se engañó a sí misma. No se debía a que su cuerpo le hubiera dejado de interesar, sino al simple hecho de que se había distraído. Había algo en él que le hacía perder el sentido del tiempo y del espacio.

–Yo también tengo cosas que hacer. ¿Cuándo quieres que lo hagamos oficial?

–Ya lo hemos hecho. Ha sido esta noche. Hemos reservado mesa en un restaurante de moda, junto al Támesis, y hemos tenido una velada de lo más romántica.

–Lo has pensado todo, ¿eh?

–Por supuesto –dijo–. Algunos de los camareros afirmarán habernos visto muy acaramelados. Y, si les preguntan, dirán que entramos y salimos por la puerta trasera, buscando indudablemente un poco de intimidad.

Él asintió, asombrado.

–En ese caso, trato hecho. La empresa de tu familia será tuya cuando concluya nuestro acuerdo.

–Excelente –dijo, intentado disimular su alivio.

–Dime una cosa... ¿Qué habrías hecho si hubiera rechazado tu oferta?

Ella rio. Había conseguido lo que quería, y empezaba a ver la luz al final del túnel. Estaba exultante, pero se mantuvo firme.

–Estaba segura de que no me rechazarías –contestó.

La expresión de Dimitri se volvió más fría.

—Comprendo...

—En fin, te deseo buenas noches. Mañana hablaremos del anillo de compromiso. Aunque soy bastante clásica. Quiero un diamante blanco.

—Yo también estoy chapado a la antigua, y quiero que mi prometida se sorprenda cuando vea el anillo que le he regalado. Pero puede que te compre uno de diamantes.

Ella apretó los dientes, irritada.

—Haz lo que quieras.

Victoria dio media vuelta y salió del piso con tanta dignidad como pudo, intentando no pensar en el aroma de Dimitri, que la estaba volviendo loca. Al fin y al cabo, tenía motivos para estar contenta. El triunfo estaba al alcance de sus manos.

Capítulo 3

A LA UNA en punto, Dimitri Markin ya había hecho todas las cosas que tenía que hacer.

En primer lugar, había ordenado a su secretaria que saliera a comprar un anillo de platino con un diamante; pero no un diamante blanco, como Victoria deseaba, sino uno de color amarillo. En segundo lugar, había informado a los medios de que Victoria y él mantenían una relación secreta desde hacía dos meses, y de que se habían comprometido la noche anterior mientras cenaban en un restaurante del centro de Londres, cerca del Támesis.

Su flamante novia estaba a punto de descubrir que no aceptaba órdenes de nadie, que no respondía bien a ningún intento de manipulación y de que sería él quien controlara todos los aspectos del plan que habían puesto en marcha.

Ya solo faltaba que Victoria apareciera. Llevaba cinco minutos de retraso, y Dimitri odiaba la impuntualidad. Pero esta vez estaba encantado, porque sabía que Victoria la odiaba todavía más y porque, a fin de cuentas, había sido cosa suya. Consciente de que no estaba acostumbrada a moverse por Londres, se había callado una información de lo más relevante: que el tráfico estaba fatal a esas horas y que, si quería llegar a tiempo a su cita, tendría que salir con antelación.

Cuando por fin apareció en el despacho, seguida a poca distancia por la secretaria, Dimitri pensó que su pequeño juego había merecido la pena. Tenía el pelo revuelto y estaba roja como un tomate.

–Siento llegar tarde.

Él estuvo a punto de soltar una carcajada, aunque intuía que Victoria no lo sentía en absoluto.

–Soy un hombre muy ocupado –afirmó, muy serio–. Detesto que me hagan esperar.

Dimitri se giró después hacia su secretaria y añadió con dulzura:

–Te puedes marchar cuando quieras, Louise. Ya no te necesitaré.

Louise asintió y salió del despacho mientras Victoria se sentaba en el sillón que estaba al otro lado de la mesa.

–Bueno, me alegro de que por fin estés aquí... –continuó Dimitri.

–Sí, ya... Estaba almorzando con unas personas, y los he tenido que dejar en mitad de la comida. Ha sido muy grosero por mi parte. Y nunca soy grosera.

–¿Nunca?

–En público, no –contestó–. Yo no hago ese tipo de cosas.

–¿Y qué otras cosas no haces cuando estás en público?

Ella parpadeó, ligeramente desconcertada.

–La mayoría de las cosas.

–Pues a mí me ocurre lo contrario –afirmó él–. No hay mucho que no sea capaz de hacer en público. O en privado.

Dimitri lo dijo para incomodarla, y consiguió que su rubor se volviera aún más intenso. Pero también se incomodó a sí mismo, porque se puso a pensar en todas las cosas que sería capaz de hacer con una mujer como Victoria.

Molesto, frunció el ceño y se recordó que aquello era un negocio y que sería mucho más fácil si no cometía el error de acostarse con ella. Además, iban a estar tan ocupados con sus actos sociales que no tendrían tiempo para las relaciones íntimas.

–¿Te ocurre algo? No pareces muy contento.

–No me pasa nada. Solo estaba pensando en los detalles de nuestro acuerdo.

Los ojos de Victoria se iluminaron.

–Ahora que lo dices, he traído los documentos que necesitamos.

–¿Ya los has redactado?

Ella sacudió una mano, como restándole importancia.

–Los redacté hace semanas, cuando se me ocurrió la idea de casarme contigo. Odio dejar las cosas para el último momento, sobre todo en cuestiones legales. Obviamente, no podía mencionar que nuestro compromiso es falso, pero necesito una garantía de que London Diva volverá a ser de mi padre cuando nos separemos.

–¿Y por qué crees que los voy a firmar?

Victoria se encogió de hombros.

–Porque, si no los firmas, me marcharé.

–Comprendo. –Dimitri se levantó–. ¿Y qué garantía tengo yo?

–No te preocupes por eso. La empresa volverá a ser tuya si rompo nuestro compromiso, aunque pasará a ser mía si lo rompes tú. Es una especie de acuerdo prematrimonial.

–Ah, sí... tengo entendido que ahora se firman con frecuencia.

–En efecto.

Victoria abrió la carpeta que llevaba y sacó los documentos.

–Como verás, he incluido los asuntos más importantes –declaró–. Hasta te devolveré el anillo si nos separamos por mi culpa. No quiero que quede ningún hilo suelto. Tiene que ser un acuerdo perfectamente legal.

–Has pensando en todo...

Dimitri admiró sus pómulos altos, el delicado color rosa de sus mejillas y el más intenso de sus labios. Su piel de porcelana, combinada con el rubio platino de su cabello, le daba un aspecto frágil que era tan engañoso como interesante.

Parecía una típica belleza inglesa; pero, bajo esa fachada, se ocultaba una mujer de hielo y acero.

–Solo los tontos dejan estas cosas a la suerte –replicó ella–. Hasta los jugadores empedernidos calculan sus oportunidades y las apuestas que pueden hacer.

Victoria puso los documentos en la mesa. Él los alcanzó y los miró por encima.

–Sí, calcular es importante. Pero no subestimes la importancia del instinto... Los luchadores profesionales saben que, a veces, no puedes pelear como quien juega una partida de ajedrez. A veces hay que dejarse llevar por lo que diga tu cuerpo.

–Bonita teoría. Aunque no es muy adecuada para los asuntos legales –Victoria lo miró con intensidad–. ¿Y bien? ¿Qué te parece?

–Creo que todo está en orden...

Dimitri abrió uno de los cajones de la mesa y sacó el anillo de compromiso, que había guardado allí cuando su secretaria se lo dio.

Al ver la cajita forrada de terciopelo, ella dijo:

–¿Es lo que creo que es?

–Eso depende de lo que creas que es –contestó–. Pero saldrás de dudas cuando la abras.

Victoria abrió la cajita y miró su contenido con una expresión aparentemente neutral que no engañó a Dimitri. Ya la conocía lo suficiente como para saber distinguir entre sus expresiones de distanciamiento calculado y sus expresiones de sorpresa.

Y aquella era de sorpresa.

–Te dije que quería un diamante blanco.

–Lo sé, pero pensé que este te quedaría mejor.

Ella arqueó una ceja.

–¿Que me quedaría mejor? Seguro que lo has comprado porque a ti te gusta más.

Dimitri sonrió.

–Sea como sea, es tu anillo de compromiso.

–Comprendo...

–Permíteme que te aclare una cosa, Victoria. La idea de contraer matrimonio fue tuya, pero, desde el momento en que yo acepté, el juego pasó a ser mío. Puede que me gusten los retos, pero también me gusta ganar.

–Pues tenemos un problema, porque a mí también me gusta ganar –Victoria ladeó la cabeza y lo miró de forma extraña–. He estado investigando a tu mentor. Era de Nueva Orleans, ¿verdad?

–Sí.

–Magnífico. Nueva Orleans es una ciudad particularmente buena para proyectos solidarios como tu fundación. Además, también es una localidad turística que atrae a mucha gente con dinero.

Dimitri volvió a sonreír.

—No sé si te lo han dicho antes, pero eres fantástica. No se te escapa nada.

—Me lo han dicho muchas veces —dijo—. Sin embargo, no soy de las que pierden el tiempo con tonterías como esa.

—Yo tampoco lo soy. De hecho, he aprovechado el mío tan maravillosamente bien que ya he hablado con la prensa y les he informado de que nos vamos a casar.

Ella se quedó asombrada.

—Vaya... me parece muy bien...

—No me digas que mi eficacia te ha sorprendido...

—Sinceramente, estoy acostumbrada a ser la única persona eficaz cuando llego a un acuerdo con otro —dijo con humor.

—Te creo. Pero esta vez no eres socia de una persona normal y corriente, sino de mí.

—Y ya me estoy arrepintiendo. Vamos a ser una pareja imposible.

—Cuento con ello.

Victoria se levantó del asiento con la actitud fría y distante de una mujer de negocios. Dimitri la miró y pensó que la gente estaba equivocada con ella. Tenía fama de ser la típica aristócrata que se pasaba la vida de fiesta en fiesta, sin hacer nada importante, pero, en realidad, poseía la voluntad férrea y el arrojo de los grandes negociadores. Además, él también la había investigado. Y había descubierto que se había hecho rica a fuerza de trabajo y dedicación.

De hecho, Victoria Calder era más brillante y más

decidida que la mayoría de los ejecutivos que había conocido.

–Ya hablaremos sobre el acto de Nueva Orleans –dijo ella–. Entre tanto, ¿necesitas que te envíe un presupuesto?

–Supongo que saldrá de mi bolsillo, claro...

–Por supuesto. Es un asunto tuyo y, en consecuencia, serás tú quien afronte los gastos. Yo haré lo que pueda por conseguir donativos, pero tenemos que causar una buena impresión y gastar lo suficiente en comida y bebida.

Dimitri asintió.

–Hablaré con Louise para que te envíe el dinero que necesites. No obstante, prefiero que no me molestes con los detalles organizativos de nuestras actividades sociales. Para mí son un engorro, pero supongo que tú estarás acostumbrada.

–Y tanto –dijo–. En fin, hablaré con la prensa y les haré saber que estoy encantada con el anillo que me has regalado.

–¿Aunque el diamante sea amarillo?

–Y aunque el amarillo no sea mi color.

–En eso te equivocas. Los colores alegres te quedarían muy bien. Pero te empeñas en vestir siempre de negro –afirmó.

–Mira quién fue a hablar –dijo ella, señalando el traje de Dimitri.

–*Touché*...

Victoria se disponía a salir del despacho cuando él la detuvo.

–Ah, una cosa más.

–¿Sí?

–Será mejor que te pongas el anillo. A la prensa le extrañaría que no lo llevaras.

Ella sonrió levemente. Después, abrió la cajita, sacó la joya y se la puso bruscamente en el anular de la mano izquierda.

–Ya está. ¿Satisfecho?

Dimitri no estaba satisfecho en absoluto. La frialdad y la arrogancia de Victoria lo sacaban de quicio. Y antes de preguntarse por qué, se levantó, dio la vuelta a la mesa y caminó hacia ella.

–No, ni mucho menos. No pareces una mujer que acaba de estar con su prometido.

Ella ladeó la cabeza y lo miró con sorna.

–¿Ah, no? ¿Y qué parezco?

–Una mujer que está a punto de salir de una reunión de negocios –respondió Dimitri–. Lo cual es del todo inaceptable.

De repente, él levantó los brazos y, tras llevar las manos a las sienes de Victoria, hundió los dedos en su cabello.

Ella se quedó boquiabierta, pero no dijo nada.

A continuación, Dimitri le soltó unos cuantos mechones y le revolvió el resto del pelo para que pareciera que se habían estado besando apasionadamente.

Por primera vez, tuvo la certeza de que la había desconcertado de verdad. Incluso más que en su piso, cuando la obligó a mantener una larga conversación mientras él estaba prácticamente desnudo, sin más prenda que una toalla de baño.

Pero su alegría fue breve. Cuando la miró a los ojos y vio que brillaban con calor, se excitó tanto que tuvo miedo de perder el control de sus emociones.

No podía negar que la encontraba inmensamente

atractiva. No podía negar que era inmensamente atractiva. Y, por supuesto, tampoco podía negar que ardía en deseos de desabrochar los botones de su blusa, subirle la falda y acariciarla hasta que suspirara de placer.

Desgraciadamente, no podía hacer ninguna de esas cosas. Porque, si se dejaba llevar por el deseo, ella tendría más poder sobre él.

Justo entonces, Victoria gimió y se ruborizó como si hubiera adivinado sus pensamientos, como si hubiera visto sus tórridas fantasías. Pero a Dimitri no le importó. Prefería que lo supiera. Prefería que fuera consciente de la situación. De ese modo, ella iría perdiendo el control poco a poco y, al final, no sería capaz de resistirse a sus encantos.

–Así está mejor –declaró él, dando un paso atrás–. Ahora pareces una mujer que acaba de estar con su prometido.

–Con el anillo habría bastado...

El tono habitualmente frío y cristalino de Victoria se había convertido en una caricia sedosa y profunda que lo excitó un poco más. De hecho, estaba seguro de que era el tono de voz que tenía cuando hacía el amor con alguien.

–¿Lo dices en serio? ¿Crees que el anillo habría sido suficiente?

–Por supuesto que sí.

–Empiezo a pensar que no sabes nada de relaciones amorosas, Victoria –dijo él–. ¿Por eso fracasó tu compromiso con el príncipe?

Dimitri supo que era una pregunta cruel y grosera, pero no le importó. No era un hombre especialmente diplomático. De hecho, siempre había preferido que lo creyeran un miserable. O, por lo menos, lo había preferido hasta que se dio cuenta de que su mala reputación era un obstáculo para su deseo de honrar la memoria de Colvin.

–Por suerte para ti, no necesito entender de relaciones amorosas. Solo necesito entender de imagen pública, medios de comunicación y organizaciones no gubernamentales, materias en las que soy una experta –le recordó ella con orgullo–. En cuanto a lo demás, lo dejo en tus manos. Parece que las tonterías se te dan muy bien.

Victoria salió del despacho, y Dimitri se quedó con la sensación de que, una vez más, ella había ganado la partida.

Durante las dos semanas siguientes, Victoria se dedicó a recibir felicitaciones de amigos y familiares y a organizar el lanzamiento de la Fundación Colvin Davis en Nueva Orleans. Incluso había conseguido que un famoso actuara de maestro de ceremonias. Y se sentía bastante satisfecha con su trabajo.

Cuando aún faltaban dos días para el viaje, se puso a hacer las maletas y dudó. Nunca había estado en Nueva Orleans, así que no sabía lo que necesitaba llevar. Tras investigarlo un poco, tomó nota de la ropa apropiada para el clima de la localidad sureña e hizo una lista de las cosas que le faltaban, con intención de comprarlas más tarde.

Hasta entonces, se las había arreglado para mantenerse lejos de Dimitri. Los periodistas estaban locos por conseguir una fotografía de los dos, pero Victoria pensó que era mejor así. Si daban demasiado a la prensa, se cansarían de ellos. Si daban demasiado poco, los tendrían en la palma de la mano.

En cuanto a su presentación oficial como pareja, se iba a llevar a cabo en un acto que ya tenía pensado hasta el último detalle. Dimitri leería una declaración oficial sobre la fundación que iba a constituir y el dinero fluiría a su cuenta bancaria como un torrente. Aunque eso no le importaba tanto como el premio que esperaba al final del camino. Gracias a su acuerdo, se quedaría con London Diva y le podría decir a su padre que había recuperado la empresa.

En realidad, los Calder no necesitaban que la recuperara. Su familia era enormemente rica. Pero no se trataba de dinero, sino del orgullo de un hombre que, a base de trabajar duro, había escapado de la pobreza y había llegado a lo más alto. London Diva había sido el buque insignia de su padre, el instrumento que le había permitido cambiar de vida. Y ella lo había perdido.

Sin embargo, su padre se había encargado de que todos creyeran que la había perdido él, por culpa de un error. La había protegido a pesar de que estaba enfadado con ella, y aun siendo consciente de que confesarse culpable de semejante pérdida le haría perder inversores, amigos y, sobre todo, la reputación por la que tanto había trabajado.

Victoria no podía creer que hubiera sido tan estúpida. Pero entonces era muy joven, y se había dejado engañar por Nathan Barrett. Le había dado información vital sobre la empresa, pensando que estaba tan enamorado de ella como ella de él. Ni siquiera dio importancia al hecho de que jamás la hubiera besado. En su ceguera y su falta de experiencia, había llegado a la absurda conclusión de que su actitud distante era una forma de respeto.

Afortunadamente, había aprendido la lección. Y ahora, a sus veintiocho años de edad, sabía que un hombre que se interesaba románticamente por una mujer y no la tocaba era cualquier cosa menos trigo limpio.

Pero no quería pensar en eso. Tenía cosas que hacer.

Salió del vestidor con un montón de ropa y la dejó cuidadosamente sobre la cama, para meterla después en las maletas. Justo entonces, sonó el teléfono móvil.

Victoria miró la pantalla y, al ver el número de su padre, se estremeció. No había hablado con él desde que había anunciado su compromiso con Dimitri. De hecho, solo hablaba con él cuando iba a cenar a su casa, y solo iba una vez al mes. Cuando estaban juntos, se sentía tan incómoda que no lo podía soportar. Era demasiado consciente de que lo había traicionado, aunque hubiera sido sin pretenderlo.

Respiró hondo, contestó la llamada y dijo:

—Hola, papá.

—Hola, Victoria. ¿Qué es eso de que te vas a casar?

Ella sonrió para sus adentros. Su padre siempre había sido de los que iban al grano.

—Ah, sí... Estaba a punto de llamarte para decírtelo.

Victoria no mintió, aunque tampoco fue sincera. Había intentado llamar varias veces. Lo había intentado dos semanas antes, una semana antes y hasta la noche inmediatamente anterior, pero se sentía incapaz de marcar su número. Sabía que, tras el fiasco de Stavros, su padre desconfiaría de su matrimonio con Dimitri. Y tenía motivos motivos para desconfiar, teniendo en cuenta que ni siquiera se iba a casar con él.

–¿A punto de decírmelo? Jamás habría imaginado que me enteraría de la boda de mi única hija por los periódicos –protestó.

–Lo siento mucho, papá. Yo misma me llevé una sorpresa cuando Dimitri me pidió el matrimonio... y, como es un hombre muy conocido, la prensa se enteró al instante.

–Sabes que es el propietario actual de London Diva, ¿verdad?

–Sí, sí... lo sé –dijo.

–¿Se puede saber qué estás haciendo, Victoria? –preguntó su padre con desconfianza.

–Casarme. Nada más –respondió ella, mientras se miraba las uñas–. Creo que ya es hora de que siente la cabeza... Pero admito que he estado retrasando el momento de hablar contigo porque las circunstancias son algo complicadas. Por una parte, está el hecho de que Dimitri sea propietario de London Diva y, por otra, mi fracaso con Stavros.

–¿Estás enamorada de él? –preguntó, con más curiosidad que preocupación.

–Sinceramente, el amor no me interesa tanto como los aspectos prácticos de nuestro matrimonio. Pero le tengo mucho afecto.

Su padre soltó una carcajada.

–Bien jugado, Victoria. Si hubieras dicho que estás apasionadamente enamorada de él, habría sabido que mientes.

Las palabras de su padre la desconcertaron un poco. Victoria se jactaba de haber aprendido de sus errores y de haberse convertido en una mujer racional, que no se dejaba dominar por las emociones. Pero le dolió que la considerara una especie de cínica.

–Pues no estoy mintiendo –se defendió–. Pero ¿a qué viene eso? ¿Es que estás preocupado por mí?

–Bueno, digamos que tienes tendencia a acabar con hombres que no te convienen. ¿Estás segura de que no tendré que afrontar otro escándalo dentro de unos meses?

Ella se sintió tan triste como avergonzada.

–Mis planes no incluyen ningún escándalo –declaró.

–¿Y en qué consisten tus planes? ¿Tienen algo que ver con London Diva?

A Victoria se le hizo un nudo en la garganta. Había llegado el momento de decírselo. Quería guardarlo en secreto hasta que Dimitri le transfiriera la empresa, pero ya no era posible. Su padre sabía que él era el dueño, y había sospechado automáticamente. Además, no tenía sentido que se hiciera la tonta. Ese papel no se le daba bien.

–En efecto –contestó–. Quiero que London Diva vuelva ser de la familia.

Él guardó silencio durante unos momentos y, a continuación, dijo:

–Ya veremos.

La reacción de su padre le dejó un sabor amargo en la boca. Podría haber dicho que no se sacrificara por él, que su felicidad era más importante que ninguna empresa, pero no lo dijo. Y ni siquiera parecía creer que fuera capaz de recuperarla.

Cuando se despidieron y cortaron la comunicación, Victoria se quedó en el dormitorio y se prometió por enésima vez que London Diva volvería a ser de los Calder. Poco después, el teléfono sonó de nuevo.

–¿Dígame?

–Hola, cariño. Soy yo.

La voz profunda y el acento ligeramente ruso de Dimitri la dejaron momentáneamente desconcertada. Muy a su pesar, la encontraba tan sensual como exótica.

–¿Qué quieres?

–Saber cómo van nuestros planes...

–Bien, muy bien. Estaba a punto de reservar los billetes de avión. Supongo que querrás viajar en primera clase, claro.

Él rio.

–Supones mal. Y me alegra que no los hayas reservado todavía, porque tengo una idea mejor. Iremos en mi avión privado.

–Fantástico –dijo con sorna–. Si vamos en tu avión, no tendré que preocuparme por el sobrepeso de equipaje. Podré llevar tantos zapatos como quiera.

–¿Para qué, *milaya moya*? –preguntó–. Te prometo que te compraré zapatos nuevos en cuanto lleguemos a Nueva Orleans.

–¿Y dejarás que los elija yo? No parece que confíes en mi capacidad para tomar decisiones. Aunque sea sobre asuntos que solo me conciernen a mí.

–En respuesta a tu pregunta, depende de lo que quieras comprar. Por mi parte, estoy fervientemente a favor de un modelo concreto de zapatos... los que animan a acercarte a una mujer por detrás y darle placer hasta que se quede sin aliento.

Victoria no se quedó sin aliento, pero se quedó sin habla y más ruborizada que nunca durante un par de segundos.

–¿Y qué tipo de zapatos son esos? –acertó a decir.

–Los de tacón de aguja, naturalmente.

Ella suspiró.

–Qué previsible.

–Sí, es posible que lo sea. Pero lo que ocurre después es mucho menos previsible.

Victoria carraspeó.

–En mi opinión, los zapatos son irrelevantes –sentenció–. Y ahora, será mejor que te deje. Estoy haciendo las maletas.

–Como quieras. Nos vemos pasado mañana.

Dimitri colgó el teléfono, pero Victoria no se libró inmediatamente del intenso calor que sentía. Ni de su irritación ante el hecho indiscutible de que aquel hombre tenía la habilidad de sorprenderla y excitarla continuamente.

Nerviosa, se dijo que todo cambiaría cuando llegaran a Nueva Orleans. Entonces, estaría en su elemento y recuperaría el control de la situación.

Además, sus sentimientos hacia Dimitri carecían de importancia. Ella solo quería que le devolviera London Diva. Y ahora que su padre estaba informado, lo necesitaba todavía más.

No podía fracasar.

El éxito era la única opción.

Capítulo 4

EL CONTRASTE entre el aire acondicionado del avión de Dimitri y el ambiente denso y cálido de Nueva Orleans causó una fuerte impresión a Victoria, que respiró con alivio cuando salieron de la terminal y subieron al coche negro que los estaba esperando.

Había sido un viaje sin incidentes. Ella estuvo casi todo el tiempo en una salita privada, intentando descansar para acostumbrarse al desfase horario. Sabía que sería inútil, porque había probado ese truco en otros vuelos y no había funcionado. Aunque mereció la pena de todas formas. Fue la excusa que necesitaba para librarse de él.

Por supuesto, también sabía que debía empezar a desarrollar una relación más cálida con su supuesto prometido, pero no quería desarrollar ningún tipo de relación mientras estuviera atrapada con Dimitri en un espacio tan pequeño, donde se sentía particularmente insegura.

Su humor mejoró en cuanto se pusieron en marcha y se dirigieron al barrio francés. Como tantas veces, Victoria estaba asombrada con lo que el dinero podía conseguir. Dimitri era tan rico que la dirección del hotel donde se iban a alojar había cerrado la boutique al público y la había dejado para uso exclusivo de ellos y de sus invitados.

Con semejante poder económico, no había nada que no pudieran conseguir. Y Victoria se alegró, porque tenían muchas cosas que hacer y poco tiempo para hacerlas. Primero, el acto de Nueva Orleans, después, el de Nueva York y, más tarde, una fiesta en Londres que sería el punto culminante de la campaña por la Fundación Colvin y el fin de su compromiso matrimonial. Todo, en menos de mes y medio.

Aparentemente, las cosas no podían ir mejor. Solo tenía que aprender a relajarse cuando estaba a su lado. No podía ser tan difícil.

Pero Victoria no se engañaba. Había subestimado el magnetismo de Dimitri y se había concedido a sí misma una frialdad emocional que, al parecer, no tenía. El simple hecho de que le hubiera pasado la mano por el pelo la había puesto al borde del abismo.

Era evidente que se había equivocado con él.

Tras muchos años de resistirse a los encantos de los hombres, había supuesto que también se podría resistir al suyo.

Y no podía.

Pero no se iba a torturar por ello. Solo tenía que asumirlo con naturalidad y seguir adelante. A fin de cuentas, no estaba obligada a hacer nada al respecto. Si había sobrevivido al encanto de Stavros, un hombre extraordinariamente guapo y atento que, además, era príncipe, también podría sobrevivir a los de un maestro en artes marciales.

Sin embargo, Victoria era muy consciente de las diferencias que había entre los dos. Stavros no le había gustado nunca. Aún recordaba lo aliviada que se había sentido cuando estuvo a punto de besarla por primera vez. Y no se sintió aliviada porque estuviera a punto de besarla, sino porque, al final, no la besó.

De hecho, casi se llevó una alegría cuando supo que Stavros se había enamorado de Jessica Carter, la persona que los había presentado. No estaba preparada para mantener una relación sexual. La traición de Nathan le había dejado una huella tan profunda que había reprimido su libido por completo, convencida de que todo sería más fácil si se abstenía de desear.

–¿Se puede subir el aire acondicionado? –preguntó a Dimitri, sin apartar los ojos del paisaje.

–Creo que ya está al máximo.

Ella suspiró.

–Pues me siento como si estuviera en un horno.

–Nueva Orleans es así –observó–. ¿No habías estado nunca?

–No, nunca. ¿Y tú?

–Estuve una vez, con Colvin. Vinimos a echar una mano tras el desastre de aquel huracán. Pero todo era muy distinto por aquel entonces.

–Me lo imagino.

–Me asombraba su capacidad de ayudar a los demás. Hacía lo que fuera necesario –comentó–. Sé que su interés por mí no era totalmente altruista, porque le hice ganar mucho dinero... pero, al principio, él no sabía que se lo haría ganar. Y, a pesar de ello, ofreció horas y más horas de entrenamiento gratuito a un golfillo callejero que no servía para nada.

–¿Por qué se fue a Londres? ¿Y por qué fuiste tú?

–Me fui por él, por supuesto. Y él se fue por el motivo más clásico de todos... Por una mujer –respondió–. Aunque su relación duró poco.

–¿Dónde os conocisteis?

–En Rusia.

Ella sonrió.

–Ya, pero ¿en qué parte de Rusia? Es un país muy grande...

Él le devolvió la sonrisa.

–En Moscú. En aquella época, yo me dedicaba a participar en peleas de poca monta, en bares y clubs nocturnos. Nada precisamente refinado.

–Ah...

–Yo desconocía el idioma de Colvin, y él desconocía el mío. Pero vio algo en mí, me ofreció un vodka cuando más lo necesitaba y nos pusimos a charlar como pudimos. Colvin estaba buscando luchadores. Aquella noche, yo había estado particularmente bien, y le causé una buena impresión –explicó–. Se ofreció a llevarme a Londres y a enseñarme a pelear de verdad, con la promesa de que los dos ganaríamos un montón de dinero.

–¿Y te fuiste con él? ¿Así como así?

Dimitri se encogió de hombros.

–¿Por qué no?

–Porque marcharse con un desconocido puede ser peligroso.

–Puede que lo sea para ti, pero yo le había demostrado que me podía librar de cualquiera con un solo golpe. Además, yo estaba al borde de la desesperación. No tenía nada que perder. Vivía en un infierno, y ardía en deseos de huir. Ten en cuenta que peleaba por poco más que un puñado de calderilla y un camastro donde pasar la noche –dijo–. Su propuesta me pareció de lo más interesante.

–No me extraña.

Victoria pensó que la vida de Dimitri no tenía nada que ver con la suya. Ella vivía abrumada con el peso de sus responsabilidades, pero había crecido entre algodones y, por supuesto, jamás había estado en una situación tan terrible.

–Cuando llegamos a Londres, Colvin me llevó al gimnasio donde tú y yo nos conocimos. Fue el primer sitio donde estuve en Inglaterra.

Ella guardó silencio.

–A mí me pareció un palacio –continuó–. Después de haber dormido en habitaciones inmundas y de haber luchado en antros de mala muerte, me ofreció una vida que, en comparación, era increíblemente lujosa. Recuerdo haber pensado que no importaba si nos hacíamos ricos de verdad, que ya tenía más de lo que nunca había imaginado.

–Debió de ser impactante para ti.

Él la miró con ironía.

–Impactante y frustrante al principio.

–¿Frustrante? ¿Por qué?

–Porque yo esperaba luchar. Esperaba hacer lo que había estado haciendo. Y, desde el momento en que llegamos a Londres, me mantuvo inactivo –respondió Dimitri–. Se dedicó a enseñarme artes marciales, aunque a mí me parecía una pérdida de tiempo. Yo me enfadé un día y le pregunté si era una especie de maestro *ninja*... Como ya te he dicho, no hablaba ni una palabra de inglés. Pero aprendí pronto. Empezando por los insultos.

–¿Y te empezó a formar en artes marciales? ¿Sin más?

Dimitri asintió.

–Colvin me había visto luchar, y sabía lo que podía hacer. Yo era muy bueno, tan bueno, que me creía superior a cualquiera. Pero carecía de técnica y de capacidad de control... Con las artes marciales, aprendí que la ira te puede volver débil y que, si no aprendes lo suficiente, el contrario adivinará todos tus movimientos. En ese sentido, no es muy distinto del ajedrez.

Victoria se acordó entonces de la conversación que habían mantenido en el despacho.

—Pero tú me dijiste que a veces no se puede pelear como quien juega al ajedrez.

—En efecto. No es una simple cuestión de técnica. Por eso, Colvin se aseguró de que yo no perdiera lo que ya tenía. Arrestos. Intuición.

—Comprendo...

—El entrenamiento, combinado con mis habilidades naturales, hizo de mí un luchador prácticamente invencible. No tuve problema para encontrar patrocinadores.

—¿Y qué pasó después? ¿Cómo es posible que un jovencito que se dedicaba a pelear en bares y clubs de Moscú se convirtiera en dueño de una de las cadenas de ropa más importantes del mundo? —se interesó Victoria.

—Con los patrocinadores, llegaron todo tipo de oportunidades. Como puedes imaginar, yo no sabía nada de moda, ni siquiera me interesaba. Pero tuve ocasión de trabajar estrechamente con el dueño de una empresa de complementos deportivos, la Sport Limited. Le di un par de ideas sobre los equipos que utilizábamos y terminé con mi propia línea de productos. Me dijo que yo tenía cabeza para los negocios, así que saqué parte del dinero que había ahorrado y me puse a estudiar.

—¿A estudiar? —dijo, sorprendida.

—Como lo oyes. Luego, Hugh decidió vender su empresa y yo se la compré. La Sport Limited fue la primera de todas. Compraba compañías que se encontraban en dificultades y las sacaba a flote.

–Y London Diva acabó en tus manos...

–Sí, así es. Durante una temporada, compré todo lo que podía comprar. Y descubrí que Hugh estaba en lo cierto, que yo tenía un don natural para esas cosas... Gracias a Colvin, había cambiado de vida y había pasado de no tener nada a tenerlo todo.

–Creo que empiezo a entender tu interés por esa fundación.

Él la miró a los ojos.

–Quiero ayudar a los chicos que están en circunstancias como las que yo sufrí. Quiero que tengan no solo el entrenamiento, sino también el apoyo emocional que Colvin me dio. Aquel hombre me cambió por completo. Me sacó del arroyo y me ofreció un sinfín de oportunidades. Y todo empezó con un poco de formación física, que yo detestaba.

Victoria tragó saliva.

–Es una historia asombrosa... Una historia que emocionaría a cualquiera –admitió–. Deberías contársela a la gente cuando hables esta semana en el acto benéfico.

Él se quedó asombrado.

–¿Quieres que hable?

–Bueno, es tu fundación...

–¿No habías contratado a un famoso para que se encargara de presentarla?

Victoria se encogió de hombros.

–Sí, pero creo que tu historia será mucho más impactante que todo lo que él pueda decir. Los famosos no se suelen quedar muy impresionados con lo que dicen otros famosos.

Él ladeó la cabeza.

–Puede que te sorprenda, pero hay gente que me considera desagradable.

Ella arqueó una ceja y se fingió sorprendida.

–No me digas. Jamás lo habría imaginado...

Dimitri rio.

–Ya lo suponía. Aunque te aseguro que algunas mujeres no me encuentran tan desagradable como me encuentras tú.

Victoria se ruborizó ligeramente.

–Será porque yo no soy como la mayoría de las mujeres. Y ese es parte de tu problema con la prensa, por cierto. Te consideran una especie de... ¿Cómo lo diría yo? Ah, sí... Un mujeriego incurable. Un seductor que destroza la vida de personas inocentes.

–Yo no he destrozado la vida de ninguna persona inocente –dijo él, con toda tranquilidad–. Pero no voy a negar que soy un mujeriego.

Dimitri cruzó las piernas, puso un codo en la rodilla y apoyó la barbilla en la mano. A Victoria le pareció que era demasiado grande para un lugar tan pequeño, demasiado salvaje para estar encerrado en un habitáculo tan lujoso. Pero, por otra parte, siempre había pensado que no se encontraba totalmente cómodo en ningún sitio. No lo estaba en el gimnasio, y tampoco lo estaba allí.

Había algo extraño en él, algo que despertaba su curiosidad. Y la curiosidad podía ser peligrosa, de modo que olvidó el asunto y carraspeó mientras se recordaba a sí misma que Dimitri solo era un instrumento para conseguir un objetivo. Nada más.

–En cualquier caso, deberías compartir tu historia con la gente. A mí me ha parecido muy inspiradora –le confesó.

–¿Lo dices en serio? Porque, si lo dices en serio, me sorprendes...

–¿Por qué?

–Porque me extraña que te interesen las historias de los demás.

Victoria no supo cómo tomárselo.

–No sé qué quieres decir, pero te recuerdo que dedico gran parte de mi tiempo y energías a las actividades benéficas.

–No lo dudo, pero trabajar en organizaciones no gubernamentales no implica necesariamente que pongas tu corazón en ello. Yo diría que los balances económicos te interesan más que el altruismo.

Ella lo miró con indignación.

–Yo adoro el altruismo. Me importa la gente que lo pasa mal. Quiero que tengan comida. Quiero que tengan un techo. Y me disgusta que tengas una imagen tan mala de mí.

Las palabras de Dimitri le habían dolido un poco, pero no estaba dispuesta a dar explicaciones al respecto. La experiencia le decía que confesar sus sentimientos a otras personas era una forma segura de que esas personas la decepcionaran.

Se había arriesgado con Nathan y había perdido. Se había arriesgado con su padre y había perdido.

Obviamente, no se iba a arriesgar con él.

–No te ofendas. Solo te digo lo que pienso. Además, yo tampoco soy un hombre muy dado a los sentimentalismos. Lo de Colvin es una excepción. Fue una gran persona, y quiero que su nombre se recuerde... pero, sobre todo, quiero que su trabajo y sus sueños sigan vivos.

La declaración de Dimitri sonó tan sincera que Victoria se sintió culpable por no haber sido sincera con él.

–Entonces, díselo a la gente cuando te dirijas a ellos. Cuéntales lo que Colvin hizo por ti. Háblales de las oportunidades que te dio, y de cómo cambiaron tu vida.

El paisaje había empezado a cambiar. Los edificios se volvieron más bellos y antiguos, síntoma inequívoco de que se estaban adentrando en el corazón de Nueva Orleans. Victoria se fijó en los tranvías, en las tiendas, en los hoteles y en el estilo arquitectónico, más propio de una ciudad europea que de los Estados Unidos. Pero también notó otra cosa. Las calles estaban cargadas de una simpatía y una calidez que no había visto en ningún sitio.

Al cabo de unos instantes, mientras admiraba los balcones de hierro forjado, vio un cartel de lo más particular. Era de un hotel, que anunciaba habitaciones con fantasmas y sin fantasmas.

–Vaya, había olvidado preguntar sobre los fantasmas... –dijo, intentando reducir la tensión–. Espero que las nuestras estén libres de semejantes compañías.

Él sacudió la cabeza.

–Esto es Nueva Orleans, Victoria. Por lo que sé, todos los sitios tienen su fantasma.

Ella sonrió.

–Pues no quiero que ningún fantasma nos arruine la fiesta.

–¿Y cómo sabes que la arruinaría? Puede que la mejorara –observó él.

–Para ser un hombre que se ha enfrentado a los fantasmas de su pasado, te muestras extrañamente receptivo a la posibilidad de que aparezcan en el presente.

–Solo en lo tocante a los fantasmas de los demás. En cuanto a los míos, los prefiero encerrados en una mazmorra.

Victoria soltó una carcajada.

–Brindo por eso. Y lo digo en serio. Deberíamos tomar una copa... más tarde.

–Excelente idea.

El vehículo se detuvo delante de un edificio de color rosado que estaba en una esquina. Tenía tres pisos de altura y balcones llenos de flores y enredaderas.

–Ya hemos llegado –dijo ella–. Lo reconozco por las fotografías que vi.

–Pues lo has elegido bien. Estoy seguro de que los invitados que vengan a Nueva Orleans en busca de algo único se quedarán completamente satisfechos.

Victoria esperaba que tuviera razón. Como ya le había advertido, su reputación era tan mala que no le podía garantizar el éxito. Pero quería hacer el mejor trabajo posible. Para ella era importante. Cuando se comprometía a hacer algo, lo hacía a toda costa. Estaba harta de cometer errores como el que le había costado el respeto de su padre.

Desde entonces, no se había vuelto a sentir limpia. Era como si llevara una mancha en su expediente, y no sabía si la podría borrar. Sin embargo, tenía que intentarlo. Por eso estaba allí. Por su padre.

De repente, se dio cuenta de que también estaba allí por Dimitri. Él no significaba nada para ella, pero su objetivo era noble. Además, la había emocionado con la historia de Colvin. Había conseguido que quisiera formar parte de todo aquello, ayudar a los niños que se iban a beneficiar de su fundación. Porque, si un hombre como él podía escapar de la pobreza y convertirse en uno de los hombres más ricos de Europa, cualquier cosa era posible.

–Espero que hayas traído vestidos adecuados –dijo él.

–Por supuesto que los he traído. Todo lo que está

en mi vestidor es adecuado. Me paso la vida en ese tipo de actos. Son parte de mi profesión.

–Sí, lo sé. Pero esta vez no asistirás en calidad de la Victoria Calder que has sido hasta ahora, sino de la Victoria Calder que se va a casar con Dimitri Markin. Y soy muy exigente con las mujeres que están conmigo.

Ella bufó.

–¿Tú? ¿Exigente con tus amantes? Quién lo diría...

Dimitri soltó una carcajada y salió del vehículo, dejándola sola. Ella se quitó el cinturón de seguridad y lo siguió, todavía molesta por su comentario.

–Además, ¿a qué viene eso de las exigencias? ¿Insinúas que no soy suficientemente elegante? Porque, si estás insinuando eso, no sabes lo que dices. Soy muy elegante.

–La experiencia me dice que, cuando alguien se siente en la necesidad de decir lo que es, es que no lo es en absoluto.

–Tonterías. Yo rezumo elegancia.

Él la miró de arriba a abajo, como si Victoria no fuera un ser humano, sino un deportivo que estaba interesado en comprar.

–Pensándolo bien, tienes razón –dijo Dimitri–. Pero eso es un problema, porque mis amantes no suelen rezumar elegancia.

–Pensaba que ya habíamos aclarado ese asunto. Se supone que no soy tu amante, sino la persona que se va a casar contigo –observó–. La prensa no picaría el anzuelo si yo fuera como las mujeres con las que sales. Esperan que sea algo más.

–Sí, es posible.

Dimitri dio un golpecito a la ventanilla del conductor, que bajó el cristal.

–Por favor, encárgate de que lleven el equipaje a la señorita Calder –le dijo–. Lo llevaría yo mismo, pero será mejor que entremos en el hotel cuanto antes. El calor de Nueva Orleans está haciendo estragos en su delicado temperamento inglés.

Victoria protestó.

–¿Mi delicado temperamento inglés? Si no recuerdo mal, tú eres ruso. La temperatura de esta ciudad te debería sentar peor que a mí.

–Pero yo soy duro de roer...

Dimitri le dio la espalda y se dirigió hacia la entrada del hotel, mientras Victoria se maldecía por haberse puesto zapatos de tacón alto. Había leído que las aceras de Nueva Orleans estaban llenas de agujeros y desniveles, pero no había imaginado que lo estarían hasta ese punto. Por suerte, una de las maletas de su equipaje estaba específicamente dedicada al calzado cómodo, el tipo de calzado que permitía caminar por cualquier sitio y alcanzar cualquier cosa sin pedir ayuda a nadie.

Por ejemplo, sin pedir ayuda a Dimitri.

Victoria clavó la vista en los anchos hombros de su acompañante y sintió un calor que no desapareció cuando entraron en el ampuloso vestíbulo del hotel, cuyo sistema de aire acondicionado mantenía una temperatura de lo más agradable. Sin embargo, no le extrañó en absoluto. Sabía que el calor que sentía no tenía nada que ver con la temperatura exterior. Entre otras cosas, porque no había dejado de sentirlo desde antes de emprender el viaje.

Dimitri le gustaba mucho. No lo podía negar. Sería mejor que lo asumiera y que encontrara la forma de resistirse a sus encantos. Porque, si no la encontraba, terminaría por entregarse a él.

Y se había prometido que jamás se volvería a entregar a nadie.

Dimitri estaba fascinado con ella, y esa fascinación lo sacaba de quicio.

Era fría, quisquillosa y sarcástica, en pocas palabras, era una versión femenina de sí mismo. Pero había una diferencia entre los dos: él trataba con dulzura a sus amantes, y ella ni siquiera era capaz de mostrarse amable con su supuesto prometido.

Desde luego, aquello podía ser un problema. Podía poner en peligro todo su plan. Sobre todo, porque la actitud de Victoria le resultaba tan irritante que estaba decidido a encontrar el modo de atravesar las murallas que defendían su corazón.

Momentos después de entrar en el hotel, ella dijo que necesitaba darse una ducha y se fue, con la promesa de que se encontrarían de nuevo en el vestíbulo. Dimitri habría preferido que siguieran juntos, porque no le quería dar la oportunidad de recobrar el control. Y se podría haber salido con la suya, teniendo en cuenta que iban a compartir una suite para que nadie desconfiara de su relación. Sin embargo, prefirió mantener las distancias.

A decir verdad, no le preocupaba que Victoria recompusiera sus defensas. Sabía que, por muy firmes que fueran, ya se habían empezado a agrietar. Y se sentía enormemente satisfecho, aunque también sabía que interesarse por ella era un error.

En cualquier caso, no podía hacer nada al respecto. Su cuerpo no obedecía a su mente. Solo quería llevársela a la cama.

Dimitri la imaginó desnuda y se excitó.

Definitivamente, no podía negar que se sentía atraído por ella.

Pero, de momento, Victoria parecía decidida a negarle su compañía. Había pasado un buen rato, y todavía no había vuelto.

Echó un vistazo a su alrededor y contempló las elegantes paredes, las lámparas de araña y los suelos de mármol del vestíbulo. Estaba acostumbrado a ese tipo de decoración. La había visto muchas veces en Londres. Pero siempre le gustaba tanto como la primera vez.

Había descubierto que no se cansaba nunca de la belleza. Tanto si se trataba de un edificio como si se trataba de Victoria Calder.

Dimitri había estado con muchas mujeres bellas desde que se había hecho rico y famoso. Había estado con tantas que, a esas alturas, le debían de parecer iguales. Pero no se lo parecían. Todas eran únicas; dulces lujos que él, como hombre que apreciaba los placeres, agradecía sin excepción.

Y Victoria era un lujo especial.

Victoria era como un cuadro de museo, separado del público por anchos cordones de terciopelo y rodeado de carteles donde se decía que se podía mirar, pero no tocar.

Aun así, no podía creer que le gustara tanto. ¿Por qué se obsesionaba con una obra de arte inalcanzable y casi prohibida? Al fin y al cabo, el mundo estaba lleno de obras de arte que no solo podía tocar, sino también comprar.

No tenía ni pies ni cabeza.

Pero el deseo no se atenía a razones, y la deseaba de todas formas.

Además, era demasiado consciente de su presencia.

Lo había sido durante el vuelo, a pesar de que ella se había encerrado en la salita privada, y lo había sido todavía más durante el trayecto posterior en coche, desde el aeropuerto.

En su obsesión, había bajado la guardia y se había sorprendido contándole cosas que no compartía con nadie. Empezando por su pasado, un territorio que no le gustaba visitar, porque sus recuerdos no eran precisamente felices. Y ni siquiera sabía por qué le contaba esas cosas. ¿Para que lo entendiera mejor? ¿Para que comprendiera la importancia que la Fundación Colvin tenía para él?

Tenía que ser por eso. Seguro que era por eso.

Justo entonces, notó su presencia y se giró. Victoria estaba bajando la escalera, más bella que nunca. Su pelo rubio caía como una cascada sobre sus hombros, y todas sus curvas se veían a la perfección bajo los pantalones y el top de color gris pizarra que se había puesto.

Le pareció asombroso que una indumentaria tan recatada pudiera ser en ella tan excitante. No revelaba más piel que la estrictamente necesaria, pero, tal vez por eso, alimentaba su imaginación mucho más que un atuendo atrevido.

Dimitri se preguntó si no se habría cansado del desfile de modelos que llenaban su vida. Se había acostado con tantas mujeres de aspecto impresionante que cabía la posibilidad de que se hubiera empezado a aburrir de ellas. Pero no se engañó a si mismo. Estaba encantado con ellas y con su vida sexual. O, por lo menos, lo había estado hasta que conoció a Victoria.

Ahora se sentía como si hubiera descubierto un manjar nuevo, que nunca había probado. Y su cuerpo lo ansiaba por encima de ninguna otra cosa.

–¿Y bien? –dijo ella, con el mejor y más firme de sus prístinos tonos de cristal–. ¿Que te parece si nos tomamos una copa?

–Me parece perfecto –contestó–. Tenemos que hablar y repasar el plan, para estar seguros de que daremos una imagen apropiada en la gala.

–Excelente idea.

–Si es tan excelente, ¿por qué hablas con un tono tan brusco? –preguntó–. Cualquiera diría que estás enfadada conmigo...

Victoria sacudió una mano en gesto de desdén, y el anillo de compromiso brilló a la luz de las lámparas de araña.

–No estoy más enfadada que de costumbre. Sinceramente, preferiría volver a la suite y llamar al servicio de habitaciones para que me suban algo de comer, pero, si quieres que salgamos, no me sentiré particularmente ofendida.

Él sonrió.

–Me alegro mucho. De que no te sientas particularmente ofendida, quiero decir.

Victoria no dijo nada.

–De todas formas, no tendremos que ir muy lejos –continuó él–. He reservado mesa en el hotel, en una terraza privada.

Ella se quedó atónita.

–¿Mesa? ¿Pretendes que cenemos juntos? Solo esperaba una copa...

–Lo sé, pero yo no soy de los que hacen las cosas a medias –afirmó con sensualidad–. Cuando hago algo, lo hago bien.

La sutil insinuación aumentó el rubor de Victoria. Dimitri se dio cuenta, y supo que ella sentía lo mismo que él. Era evidente que lo deseaba. Estaba escrito sobre su blanca y suave piel, con las letras de ese mismo rubor.

–Si tú lo dices... –ironizó ella, fingiendo una frialdad que no sentía.

–Me limito a constatar un hecho, Victoria. Uno que tú también constatarás si alguna vez te decides a probarme.

Dimitri estaba arrastrando la conversación hacia un terreno abiertamente sensual. Se había prometido que mantendría las distancias con ella, y no era hombre que cambiara de planes así como así. Cuando tomaba una decisión, no había nada que lo pudiera apartar de su objetivo. Pero esta vez estaba dispuesto a hacer una excepción, a olvidar el juego de ajedrez que habían planteado y rendirse a lo que, en ese momento, le parecía inevitable.

Desgraciadamente, pensarlo era mucho más fácil que hacerlo. Se había acostumbrado a no perder el control en ninguna circunstancia. Y ahora, cuando miraba su cabello dorado y sentía el deseo de acariciarlo de nuevo, se odiaba a sí mismo por estar a punto de dejarse llevar.

–¿Nos vamos? –preguntó Victoria, sacándolo de sus pensamientos.

–Sí, por supuesto. Es en el piso de arriba.

Ella le dedicó una de sus sonrisas frías y elegantes.

–Entonces, ¿a qué estamos esperando? Ardo en deseos de cenar contigo.

Dimitri le ofreció un brazo que Victoria aceptó, y se estremeció al sentir su contacto.

–Y yo contigo –dijo él.

Capítulo 5

NO HABÍA nadie más en la terraza. Los empleados del hotel habían instalado una mesa para dos, con una silla en cada extremo y un candelabro con velas en el centro. Por lo visto, pensaban que la suya iba a ser una cena romántica. Y Victoria no quería que hubiera nada romántico en su relación con Dimitri.

Por desgracia, no tenían más remedio que fingirse enamorados y actuar en consecuencia, empezando por alojarse en la misma suite. Sin embargo, Victoria había conseguido una suite tan grande que podían estar en ella sin verse ni una sola vez. Además, Dimitri no la había acompañado cuando subió a ducharse. Y si seguía manteniendo las distancias, no habría ningún problema.

Pero la visión de la terraza la incomodó al instante. Allí no había escapatoria posible. Iban a estar juntos en un espacio inquietantemente pequeño, a la luz de unas velas y de las farolas de la ciudad, que daban un tono anaranjado al ambiente.

Se sentó en su silla y miró el paisaje. No podía negar que sentía curiosidad por Nueva Orleans. Tenía fama de ser un lugar que acababa con las inhibiciones de cualquiera y, como ella vivía aferrada a sus inhibiciones, le interesaba particularmente. Era como estudiar la cultura de otro país para conocerla mejor.

—La cena estará enseguida —dijo Dimitri desde el otro lado de la mesa—. Nos servirán comida típica de la ciudad. Espero que te guste.

—Seguro que sí.

—Los platos de Nueva Orleans tienen muy buena reputación.

—Y yo estaré encantada de disfrutar de ellos. Pero, de momento, me gustaría beber algo.

Momentos después, apareció un camarero con una botella de vino y otro con una bandeja de entrantes. Mientras el primero abría la botella y llenaba las copas, el segundo dejó la bandeja en la mesa y les habló rápidamente sobre los platos que les iban a servir.

Después, los dos empleados inclinaron la cabeza y los dejaron a solas.

—Bueno, ¿estás satisfecha con la organización de los actos?

Victoria probó el vino y contestó:

—Sí, lo estoy. Las cosas están saliendo mejor de lo que esperaba, sobre todo, teniendo tan poco tiempo... De hecho, hemos avanzado mucho con los actos de Nueva York y Londres.

—Me alegro.

—Y por si fuera poco, la prensa parece convencida de que has cambiado para mejor. Nuestro compromiso matrimonial ha surtido efecto.

—Lo siento por ellos. Supongo que se sentirán terriblemente decepcionados cuando anunciemos que ya no nos vamos a casar.

—Al contrario. Estarán encantados porque tendrán una noticia nueva —observó Victoria—. Además, ya deberías saber que las noticias buenas no venden tanto como las malas.

–Para ser alguien que lleva una vida inmaculada y alarmantemente libre de escándalos, conoces muy bien a la prensa...

–Porque presto atención, Dimitri. Si no supiera como funcionan estas cosas, tampoco sabría lo que tengo que hacer para mantener una reputación intachable.

Él asintió.

–Se nota que estás acostumbrada a ser un personaje público. Has crecido con esas cosas, y para ti son normales.

–Sí, eso es verdad. Lo aprendí desde pequeña.

Victoria pensó que no estaba tan acostumbrada como él creía. De hecho, había estado a punto de perder su reputación con el asunto de Nathan. Pero su padre había mentido para protegerla, y su antiguo novio se había quedado tan contento con London Diva que ni siquiera se había jactado en público de los métodos que había usado para conseguir la empresa.

–Me temo que mi caso es muy distinto. Yo no sabía nada de los medios de comunicación ni de lo que pueden hacer con tu vida –le confesó él–. Pero, hasta hace poco, no me importaba lo que publicaran sobre mí. Nunca me ha importado lo que piensen los demás.

–Sí, es obvio que venimos de mundos diferentes...

–¿En qué sentido?

Victoria dejó su copa de vino en la mesa.

–Para empezar, mi familia es rica. No se puede decir que me haya hecho a mí misma.

–¿Y para continuar?

–Soy una mujer. Si yo me hubiera acostado con

tantas personas como tú, me llamarían todo tipo de cosas desagradables. Pero tú eres un hombre, y tu fama de mujeriego no te cierra ninguna puerta. Para vosotros es más fácil.

–No me cerraba ninguna puerta hasta que decidí crear una fundación –puntualizó él–. Desde entonces, me consideran una especie de monstruo.

Ella se encogió de hombros.

–Cambiarán de opinión en cuanto los convenzas de que lo haces por el bien de los niños. Los niños también venden mucho.

–Me sorprendes, Victoria. No sabía que también fueras una cínica.

–No es cinismo. Es la verdad –se defendió–. Reconozco que he crecido entre algodones, pero eso no significa que no haya aprendido más de una lección amarga sobre la naturaleza humana.

–¿Más de una lección amarga? Estás empezando a despertar mi curiosidad... –dijo Dimitri–. ¿A qué te refieres? ¿Qué te ha pasado para que hables así?

Victoria estuvo a punto de decir que no se refería a nada en concreto. A fin de cuentas, los problemas de su pasado no eran asunto de Dimitri; no tenían nada que ver con su acuerdo y, desde luego, tampoco estaban relacionados con la relación que mantenían. Pero las mentiras le desagradaban. Ella ganaba sus batallas con la sinceridad por delante.

–Cuando tenía dieciséis años, mi padre me presentó a un socio y amigo suyo. Era un hombre de treinta y pocos años, extraordinariamente atractivo. En cuanto lo vi, me encapriché de él.

–Vaya, no esperaba que tu historia fuera a empezar así...

–Lo supongo, pero empieza así de todas formas. Como decía, me volví loca por él. No se parecía a ninguno de los chicos con los que yo había salido. Nathan era diferente. O a mí me pareció que lo era... Y se dio cuenta de que me gustaba.

Dimitri la dejó hablar.

–Encontró la forma de que nos viéramos a solas. Pasaba por casa cuando sabía que mi padre había salido, y alimentaba mi encaprichamiento con su verborrea. No imaginas lo enamorada que estaba –prosiguió Victoria–. Cuando me empezó a preguntar sobre los negocios de mi padre, me pareció normal porque, al fin y al cabo, hacía negocios con él... Pero cometí el error de darle una información importante sobre una línea nueva de ropa, y él se la vendió a la competencia.

–Comprendo.

–Nos robaron nuestras ideas delante de nuestras propias narices. Vendieron nuestros productos y consiguieron que las acciones de London Diva se hundieran. Luego, Nathan compró las acciones a un precio ridículo y se quedó con la empresa de mi padre. Por culpa mía –afirmó con tristeza–. Puede que ahora entiendas por qué estoy tan empeñada en recuperarla. Y por qué aprendí a desconfiar de los motivos de la gente.

Dimitri parecía indignado con la historia de Victoria. Abrió la boca como si quisiera decir algo, pero los camareros volvieron en ese momento con la comida y tuvo que guardar silencio hasta que se marcharon otra vez.

Entonces, la miró con ojos llenos de ira y dijo:

–Un hombre que se aprovecha de una chica de dieciséis años no es un hombre en absoluto.

Ella se encogió de hombros.

–No seré yo quien te lo discuta, pero los hechos son categóricos. Mi familia perdió London Diva por mi culpa –insistió–. Nathan se portó como un canalla, y yo como una idiota. Tengo la obligación moral de rectificar ese error. Y eso es lo que estoy haciendo.

–¿Por qué? No eres responsable de los pecados de los demás...

–Porque soy la única que puede expiar esos pecados y reparar el daño –respondió–. Obviamente, Nathan no está arrepentido de lo que hizo. Y no devolverá London Diva a los Calder.

–En parte, porque no puede. Se la quité.

Ella sonrió a su pesar.

–Es verdad. Sabía que había algo en ti que me gustaba.

–Francamente, no me sorprende que te guste mi parte asesina –dijo con humor.

–No me debería gustar, pero la admiro porque me vi obligada a cambiar después de lo que pasó. Tuve que reconsiderar mi visión del mundo y el papel que yo desempeñaba en él. Yo era una chica obediente que no daba problemas a mi familia, una chica ingenua y tradicional que, quizás por eso, cayó en la trampa de un canalla y perdió una empresa muy valiosa. Si hubiera sido una rebelde, llena de piercings y tatuajes, le habría salido más barata a mi familia.

–Eso depende –dijo él–. Hay tatuajes que son muy caros de hacer.

–¿Qué quieres decir?

Él se subió la blanca manga de su camisa y le enseñó el que llevaba en el brazo.

Victoria tragó saliva. Era un tatuaje muy bonito,

pero no le interesó tanto como los músculos y la piel morena de Dimitri.

¿A quién pretendía engañar? Aquel hombre tenía poder sobre ella, un poder físico que se parecía mucho al que había tenido Nathan cuando se encaprichó de él. Pero había una diferencia importante: que, esta vez, no estaba enamorada.

Lo que sentía era simple y puro deseo sexual.

—Aun así, no salen tan caros como perder una cadena de ropa —dijo ella—. Aunque tú lo sabes mejor que yo, teniendo en cuenta que compraste esa misma cadena.

—A decir verdad, he comprado varias.

—Pero a mí solo me importa una.

—Y ahora conozco el motivo.

Ella ladeó la cabeza.

—¿No te habías preguntado por qué me interesaba tanto? ¿No sentías curiosidad?

Él se encogió de hombros y se bajó la manga de la camisa.

—Sí, un poco. Pero supongo que todos tenemos nuestros secretos. Y como no soy precisamente de los que están dispuestos a compartir los suyos, tampoco espero que los demás los compartan.

—Pero a mí me has preguntado. Has insistido en saberlo.

Dimitri le dedicó una sonrisa encantadora.

—Porque mi paciencia tiene un límite.

Victoria admiró la curva de sus labios y sintió un calor que la puso nerviosa. Justo entonces, se oyó el sonido de unas carcajadas, que rompieron la tensión.

Ella suspiró con alivio.

Necesitaba un respiro y lo necesitaba urgentemente.

Se había llegado a convencer de que se sentiría mejor cuando dejara de engañarse a sí misma y admitiera que deseaba a Dimitri. Pero no se sentía mejor en absoluto.

–¿Quién se estará riendo?

–No lo sé –dijo él–. Puede que sea una fiesta de despedida de soltero o de soltera... Son habituales en Nueva Orleans.

–Pues yo no les veo la gracia.

–¿A las fiestas de despedida?

–Sí. No me parecen nada divertidas.

–¿Por qué?

–¿Lo preguntas en serio? ¿Qué hay de divertido en emborracharse mientras gritas obscenidades a un hombre semidesnudo en compañía de otras mujeres?

Él rio.

–Supongo que nada... Personalmente, me encantan las strippers. Pero en privado.

–Bueno, descontando el hecho de que te gusten esas cosas, me alegra saber que estamos de acuerdo en algo –dijo ella.

Dimitri se echó hacia atrás y sacudió la cabeza.

–Victoria, tienes que aprender a ser más tolerante...

–¿Qué significa eso? ¿Que soy demasiado rígida?

–Sí, algo así.

–Tengo buenos motivos para ser rígida –se defendió–. Si no recuerdo mal, te he contado mi historia hace un momento.

–No me digas que cambiaste tu forma de ser porque cometiste un simple error...

–Un error que causó un grave perjuicio a mi familia. Destruyó la relación que yo mantenía con mi padre, y le hizo a él perder el respeto de los suyos.

–¿Te puedo hacer una pregunta?

–Por supuesto.

–¿Crees que Nathan cambió de forma de ser por lo que te hizo?

Ella no tuvo más remedio que darle la razón.

–No, supongo que no... Aunque su vida cambió en cierto sentido, porque consiguió la empresa que tanto le interesaba.

–Entonces, deja de castigarte por aquello. Las heridas del pasado pertenecen al pasado. Y me temo que no siempre se curan con el tiempo.

–Pues yo las voy a curar –dijo con vehemencia–. London Diva volverá a ser de mi padre, y todo volverá a ser como era.

–No es mal plan...

Cuando Victoria y Dimitri terminaron de comer, los camareros se llevaron los platos vacíos y los remplazaron por los postres, consistentes en unos *beignets* con azúcar *glacé* que les sirvieron con dos tazas de café con leche.

–Tienen muy buen aspecto –declaró ella, encantada.

–Desde luego que sí. Pero, antes de que nos deleitemos con ellos, ¿qué te parece si nos asomamos a la calle y miramos un rato a la gente de Bourbon Street? Te aseguro que esta ciudad es de lo más interesante.

Victoria, que sentía curiosidad, dijo:

–Por qué no... Adonde fueres, haz lo que vieres. O, como dicen los ingleses... si estás en Roma, haz lo que los romanos.

–¿Incluida la posibilidad de pelear en el circo, como los gladiadores?

–Faltaría más –Victoria alzó su taza a modo de brindis–. ¡Los que van a morir te saludan!

Ella tomó un poco de café, se levantó y siguió a Dimitri hasta la barandilla de la terraza, desde la que se veía la calle que, según decían, era el centro de la disipación y el libertinaje de Nueva Orleans. O, por lo menos, del libertinaje en público.

Bourbon Street estaba abarrotada de hombres y mujeres que iban y venían, interrumpiendo el tráfico. Bebían, reían y se divertían sin pudor alguno, entre prostitutas que ofrecían sus servicios.

Victoria se fijó en un grupo de mujeres que iban enteramente vestidas de negro y sonrió.

–Parece que están...

–¿Borrachas?

–Sí. Pero borrachas como una cuba.

Ella se preguntó qué se sentiría allí, entre aquellas mujeres, bajo la luz de los neones y de las farolas, pasándoselo en grande. Siempre había estado por encima de esas cosas. Y no tenía intención de cambiar. Pero las envidió de todos modos.

Dimitri se acercó un poco. Victoria notó el calor de su cuerpo y la incomodó tanto que se le hizo un nudo en la garganta.

De repente, le pareció que todo había adquirido un tinte extrañamente erótico. Y ella, que no estaba acostumbrada a definir ninguna situación por su carácter erótico, se sorprendió por la deriva de sus propios pensamientos.

Pero, pensándolo bien, tampoco era de la clase de mujeres que suspiraban al ver tatuajes en un brazo musculoso. Y, no obstante, ansiaba los de Dimitri.

Desconcertada, se puso a pensar en su vida y se angustió. Se había perdido demasiadas cosas. Incluso había renunciado al deseo, una emoción perfectamente natural, por culpa de un canalla que la había traicionado, de la empresa que había perdido y de sus propias inhibiciones.

Había dejado de confiar en la gente. Y en sí misma.

Había sustituido la alegría de vivir por un sentimiento de vergüenza que le impedía disfrutar de su cuerpo y hacer lo que verdaderamente deseaba.

De no haber sido por eso, ella podría haber estado entre las mujeres que se divertían en Bourbon Street. Podría haber salido con un grupo de amigas y haber vuelto borracha al hotel. O podría haber conocido a un hombre que le gustara, a un hombre que la llevara a la cama, la abrazara y le diera placer durante toda la noche.

Por desgracia, no era una de esas mujeres. Y fue dolorosamente consciente de su soledad y del error que había cometido.

Pero había algo bueno. Ya no estaba tan sola como antes. Él estaba allí, a su lado, tan cerca que podía sentir el calor de su piel. Y una voz interna, que siempre había reprimido, habló en voz alta y le dijo que quería tocar esa piel, que ya no soportaba el aislamiento, que el mundo podía ser un lugar cálido si le daba una oportunidad.

Súbitamente, como si hubiera adivinado sus pensamientos, Dimitri le puso una mano en la cintura y le dijo al oído:

—¿Qué te parece la fiesta?

—Que nunca he formado parte de algo así. Siempre he sido una espectadora externa. Incluso en la universidad.

Dimitri le acarició la cintura, excitándola.

—No te permites el lujo de divertirte, ¿verdad?

–Supongo que no –dijo con voz trémula–. Todos cometemos errores cuando somos jóvenes, pero yo cometí uno tan grave que tomé la decisión de no volver a arriesgarme. Tuve suerte de que mi padre no me retirara la palabra después de lo que hice. Dañé su reputación y su forma de vida... y todo por un canalla que, además, estaba casado.

Victoria se maldijo para sus adentros. Se había enamorado de Nathan sin saber que estaba casado, y no podía imaginar que mantenía las distancias con ella porque no quería traicionar a su esposa. Nunca pasaba de caricias inocentes. Ni siquiera la noche en que, harta de esperar, lo recibió desnuda en su habitación. Nathan se limitó a taparla con una manta, como si fuera una niña y no una mujer, como si no la encontrara ni remotamente atractiva.

Más tarde, cuando por fin descubrió que estaba casado, Victoria lo imaginaba muchas veces en compañía de su esposa, discutiendo con ella su plan y pidiéndole permiso para dar un beso a su pobre víctima o ponerle la mano en un muslo.

Y se odiaba con toda su alma.

Se odiaba por haberse dejado llevar por sus pasiones y por haber entregado su afecto a un hombre que no lo merecía.

Sin embargo, eso era agua pasada. Nathan la había engañado y le había robado la empresa de su padre, pero no era responsable de lo que ella había hecho después. No era culpable de que su orgullo la hubiera empujado a renunciar a vivir. Como decía Dimitri, había seguido adelante sin que aquella relación le dejara ninguna huella emocional. En cambio, ella había permitido que la cambiara para siempre.

Desconsolada, se preguntó qué habría sido de su vida si no hubiera optado por reprimir sus emociones. Y la respuesta fue tan dolorosa que se le encogió el corazón.

–¿Te gustaría estar en la calle, con ellos?

Victoria contestó en un susurro, completamente concentrada en las caricias de Dimitri, que ahora le estaba acariciando un seno por encima de la ropa.

–No. No me gustaría.

Era la verdad. No quería bajar a la calle. No quería estar con esa gente. Prefería quedarse allí, en la terraza, con él.

–¿Cómo eras antes de conocer a Nathan?

Ella se encogió de hombros.

–Casi no me acuerdo...

–Intenta recordar.

Dimitri inclinó la cabeza y le dio un beso en el cuello. Ella se puso tensa y pensó que debía detener aquella locura, pero no la detuvo. Se quedó clavada en el sitio, cautiva de su propia curiosidad, del deseo de saber lo que iba a ocurrir a continuación.

–Yo era... –empezó a decir, nerviosa–. No sé, supongo que era una chica normal, con los típicos sueños de una adolescente. Quería desear y que me desearan. Quería vivir el amor, y estaba tan ansiosa por vivirlo que me convencí a mí misma de que Nathan era la persona adecuada para mí. Me obsesioné y me dejé llevar por los sentimientos. Pero ya no puedo recuperar lo que perdí.

–¿Qué perdiste?

Ella respiró hondo y dijo:

–La pasión.

Solo fueron dos palabras. Y, sin embargo, se sintió

como si hubiera abierto la puerta de una habitación que había estado cerrada a cal y canto durante años.

Dimitri la alejó imperceptiblemente del balcón, lo justo para que no los pudieran ver desde la calle.

—Yo no creo que hayas perdido nada. Tu pasión solo está dormida.

—¿Lo dices en serio?

—Sí. Y sé cómo despertarla.

Victoria se quedó sin aire.

—¿Cómo?

—Con lo único que puede despertar a una princesa sobre la que pesa un hechizo —respondió Dimitri—. Con un beso.

Ella pensó que debía rechazarlo. Estuvo a punto de decir que habían ido demasiado lejos, que nunca volvería a ser la chica que había sido, la tonta que se había dejado engañar. Además, estaba segura de que Dimitri lo comprendería. Había vivido lo suficiente como para saber que, a veces, no quedaba más opción que olvidar las cosas viejas. Aunque esas cosas viejas fueran uno mismo.

Pero no lo rechazó.

Se mantuvo inmóvil y en silencio cuando él llevó una mano a su mejilla y, a continuación, le inclinó suavemente la cabeza.

Dimitri descendió muy despacio. Tanto, que ella tuvo tiempo de sobra para recomponerse y detenerlo. Pero tampoco lo detuvo esta vez. Porque, por primera vez en doce años, Victoria Calder se había dejado llevar por la pasión.

Y estaba encantada.

En lugar de abrazarse al dolor, en lugar de aferrarse

al recuerdo de Nathan, se entregó al deseo que sentía y lo besó, incapaz de esperar.

Fue explosivo. Como lanzar una tea encendida a un bidón de petróleo. Una sensación mucho más intensa de lo que habría imaginado.

Dimitri soltó un gemido ronco y profundo que, en otras circunstancias, le habría parecido inquietante. Pero ya no tenía miedo. Había aprendido la lección de tantos años perdidos y ya no le asustaban las expresiones del deseo.

Alzó los brazos, los cerró alrededor de su cuello y permitió que sus lenguas se encontraran.

El contacto desató una oleada de calor que empezó entre sus piernas y se extendió por todo su cuerpo, como el eco.

Necesidad, ansia, pasión. En la mente de Victoria no había nada más. No quería nada salvo quedarse para siempre en ese momento, sin empresas que recuperar y errores que expiar. No quería nada salvo explorar el placer.

Y explorarlo con Dimitri.

Entonces, él le pasó una mano por el estómago y siguió subiendo hasta llegar a sus senos, que acarició con dulzura. Victoria apartó los labios de su boca y emitió un gemido que debió de excitar más a Dimitri, porque apretó la cadera contra ella.

Al notar su erección, se estremeció. No recordaba haber sido tan consciente de un hombre en ese sentido, ni siquiera de Nathan. Lo había deseado con locura, pero su deseo de entonces era el deseo vago y nebuloso de una adolescente, algo muy distinto al deseo de una mujer de veintiocho años. Ahora, sabía lo que quería. No se engañaba con ideas falsas sobre la sensualidad y el sexo. Y ya no los sometía al interés, como había hecho con el príncipe Stavros.

Aquello no tenía nada que ver con la lógica y el beneficio, no tenía nada que ver con mejorar su posición social. Era una simple cuestión de sentimientos y necesidades.

Y ya no se podía parar.

Su razón le decía que se estaba equivocando, que no debía seguir adelante. Pero la voz de su cuerpo era mucho más poderosa.

Dimitri le acarició un pezón y lo pinzó suavemente con el pulgar y el índice. En respuesta, ella se frotó contra su erección sin vergüenza alguna. Sabía lo que hacía. Sabía lo que estaba pidiendo. Y quería que se lo entregara.

—Oh, Dimitri... —dijo con voz ronca, casi irreconocible.

Él pronunció unas palabras en ruso, que Victoria no entendió. Pero entendió perfectamente lo que estaba haciendo con sus caricias: llevarla al borde del clímax, a pesar de que no la había tocado por debajo de la ropa.

—Míralos. Mira a ese gente —continuó él mientras le daba un beso en el cuello—. Creen que se lo están pasando en grande, que están disfrutando de la mejor de las fiestas... No imaginan que la fiesta está aquí.

Dimitri le metió una mano entre los muslos y añadió, mientras frotaba:

—Si miraran hacia la terraza, ¿nos verían?

Sus palabras deberían haberla asustado, pero no la asustaron. De hecho, se quedó morbosamente fascinada con la idea.

¿La estarían mirando como ella los había estado

mirando antes? ¿La envidiarían como ella los había envidiado? No tenía forma de saberlo. Y, por otra parte, tampoco tenía importancia. Solo le importaba Dimitri.

–Si te pudieran ver ahora, verían a la mujer más apasionada del mundo.

Victoria quiso pensar que era sincero, que no había perdido la pasión durante sus largos años de soledad. Y tenía una buena razón para pensar que lo era: si no hubiera estado realmente excitada, no habría permitido que la acariciara de ese modo, en la terraza de un hotel, apenas ocultos por las sombras y por la enredadera de la barandilla.

–De todas formas, me alegra que no te puedan ver –siguió Dimitri, sin detener sus caricias–. Me alegra que seas solo mía. Que te entregues solo a mí.

En ese momento, él le volvió a acariciar el clítoris por encima de la ropa y la llevó al orgasmo.

Victoria ni siquiera sabía que estuviera tan cerca de ese momento precioso. Pero no tuvo ocasión de sorprenderse, porque se sintió como si cayera y cayera entre un mar de luces y sonidos, libre de pensamientos, flotando en el placer.

Y cuando el orgasmo pasó, se encontró entre los brazos de Dimitri y supo que no había caído de verdad. O, por lo menos, que él la había sostenido.

Sin embargo, el fin del placer la empujó a sus antiguas preocupaciones. Pensó que había llegado al orgasmo en un lugar casi público. Pensó que el responsable de ese orgasmo era un hombre con el que estaba haciendo negocios. Y pensó que no se podía permitir el lujo de poner en peligro su plan por culpa de algo tan volátil como el sexo.

Por lo visto, no había cambiado nada. Se había engañado a sí misma durante unos minutos, pero seguía siendo la misma mujer calculadora que había sido.

Se apartó de él y se volvió a asomar otra vez por la barandilla, deseosa de mantener las distancias. Extrañamente, le pareció que el espíritu festivo se había esfumado por completo. Ahora, solo veía borrachos y gente triste que fingía ser feliz.

En un intento por borrar las huellas de lo sucedido, se pasó las manos por el pelo y se lo alisó. Necesitaba marcharse. Necesitaba huir.

—Creo que me saltaré el postre —dijo.

—Y yo creo que ya te has tomado el postre.

Ella lo miró con ira.

—Maldito canalla...

Victoria salió de la terraza sin mirar atrás.

Mientras se alejaba, se prometió a sí misma que no volvería repetir esa experiencia. Dimitri estaba en lo cierto; había cambiado por culpa de Nathan. Pero se dijo que había sido un cambio para mejor.

Y, por supuesto, Dimitri Markin no iba a conseguir que cambiara su forma de ser.

Capítulo 6

DIMITRI estaba tan excitado que no durmió en toda la noche.

Por primera vez en mucho tiempo, se había acostado con un sentimiento de profunda insatisfacción. Y no solo de insatisfacción, sino de fracaso. A fin de cuentas, no estaba acostumbrado a que lo rechazaran ni a que lo forzaran a hacer algo que no pretendía hacer. Cuando quería sexo, lo conseguía; cuando no lo quería, no se dejaba seducir por nadie.

Pero aquella noche había sido diferente.

Había masturbado a una mujer a la que ni siquiera tenía intención de tocar. Y cuando ya estaba decidido a hacer algo más que tocarla, ella lo había rechazado.

No sabía qué era peor.

A primera hora de la mañana, tras ver el cielo brillante y despejado de Nueva Orleans, salió a correr un rato por las abarrotadas calles. Luego, volvió sobre sus pasos y se dirigió al hotel, dispuesto a afrontar el nuevo día. Eran las nueve, pero supuso que Victoria se habría despertado. Parecía de la clase de personas que se levantaban pronto; sobre todo, si tenían cosas importantes que hacer.

Entró en el salón en el preciso momento en que ella salía de su dormitorio. Victoria se quedó helada al

verlo, y se llevó las manos al pecho como si se quisiera aferrar a un collar de perlas.

Pero no llevaba perlas, sino solo un vestido de cuello cerrado y falda larga. A Dimitri le pareció tan con-
servador y poco atrevido como el resto de su ropa. Y,
precisamente por eso, lo encontró tan sexy como el
resto de su ropa.

–Buenos días –dijo ella, tensa.

–Buenos días.

Victoria lo miró de arriba a abajo, con expresión
de condena. Pero Dimitri notó el rubor de sus mejillas
y supo que lo deseaba.

–Veo que no te has vestido... Y tenemos que ver la
sala donde se va a celebrar el acto de esta noche –le
recordó.

–Es que he salido a correr.

–Estás cubierto de sudor –dijo con desagrado.

–Estamos en Nueva Orleans, Victoria. El clima es
tan cálido y húmedo que se suda hasta con el menor
de los esfuerzos.

–Pues no parece que el tuyo haya sido menor.

Él se encogió de hombros.

–No, no lo ha sido. Pero necesitaba quemar energías con urgencia.

El ambiente estaba cargado de electricidad cuando
Victoria comprendió que su exceso de energía se debía
a ella. Sin embargo, Dimitri decidió no seguir por ese camino. Era consciente de que, si empezaban a jugar, terminarían como la noche anterior. Y no quería terminar
del mismo modo. No quería perder el control otra vez.

–¿Quemar energía? ¿Es que no has dormido bien?
–preguntó ella con sorna–. Es extraño, porque yo he
dormido como un tronco.

Él guardó silencio durante un par de segundos y, a continuación, dijo:

—Sí, ya lo imagino.

Ella se ruborizó un poco más.

—No vas a conseguir que me sienta culpable, Dimitri.

—¿Culpable de qué? ¿De haber dormido bien mientras yo no he pegado ojo?

Victoria alzó la barbilla y alcanzó el bolso, que había dejado en la mesita.

—Exactamente —contestó—. ¿Nos vamos?

—La sala está en el hotel, ¿verdad?

—Sí.

—¿Puedes esperar un poco? Como bien has dicho, estoy cubierto de sudor. Tengo que lavarme y cambiarme de ropa.

—Oh, no, ya hemos jugado a este juego... Y preferiría no estar presente cada vez que te duches. Además, solo tenemos que bajar a dar el visto bueno. Supongo que puedes ir en zapatillas y ropa deportiva —declaró—. En cuanto a tu sudor, llevaré esa carga con tanta dignidad y elegancia como me sea posible.

—Eres toda una dama.

—Intento serlo.

Dimitri la siguió al exterior de la suite.

—Pues lo consigues, Victoria. Encuentro admirable que mantengas la compostura hasta en los momentos más difíciles. Por ejemplo, cuando llegas al orgasmo.

Ella se dio la vuelta, roja de ira, y bramó:

—No puedo creer que hayas dicho eso.

—Oh, lo siento mucho. Supongo que la realidad es demasiado fuerte para ti. Prefieres que nuestras conversaciones se basen en el eufemismo.

–A decir verdad, prefiero que no tengamos conversaciones.

–Pues te vas a quedar con las ganas, porque tengo derecho a hablar. A fin de cuentas, tú eres la que hace un momento se estaba jactando de haber dormido como un bebé. Y yo, él que no ha dormido nada porque anoche se quedó completamente insatisfecho.

Dimitri no quería hablar de la noche anterior, pero no lo pudo evitar. Además, empezaba a pensar que era lo mejor para ambos. Necesitaban sincerarse y aliviar un poco su tensión, aunque solo fuera para poder mantener la calma cuando verdaderamente lo necesitaran.

Era lo más lógico. Él lo sabía por su experiencia en el circuito profesional. La lucha le había dado la oportunidad de gastar su exceso de energía e impedir que causara problemas en su vida diaria.

–Eso es una estupidez –dijo ella mientras caminaba hacia el ascensor.

–Es posible, pero no me parece que lo de anoche te disgustara.

Victoria pulsó el botón de llamada.

–Porque dejé de pensar durante un rato. Pero luego corregí ese error.

–Vaya... me lo tomaré como un cumplido. Es todo un éxito, ¿no te parece? Me refiero a conseguir que una mujer como tú deje de pensar.

Ella ladeó la cabeza y entrecerró los ojos.

–¿Se puede saber qué significa eso?

–No te sientas ofendida, Victoria. Me he limitado a constatar un hecho que no admite discusión –Dimitri admiró la curva de su cuello y se empezó a excitar–. Eres inteligente y brillante, una persona a la que no se le escapa nada. Pero conseguí que dejaras de pensar durante unos minutos... Sinceramente, es uno de los mayores éxitos de mi vida.

–Felicidades –se burló–. Aunque, en mi caso, ha sido uno de los mayores fracasos de la mía.

–Qué interesante. La mayoría de las mujeres no dirían que un orgasmo es un fracaso.

Ella gimió, frustrada.

–¿Podríamos dejar el asunto?

–¿Por qué?

Victoria sacudió la cabeza.

–¿Qué es lo que quieres, Dimitri? ¿Qué estás buscando? ¿Acostarte conmigo? –le preguntó, roja como un tomate–. Los dos sabemos que terminaría mal. Y los dos sabemos que sería contraproducente para nuestros planes.

Él la tomó de la mano y pasó un dedo por el anillo de compromiso.

–Me temo que, en eso, no estamos de acuerdo. Creo que una relación sexual nos ayudaría a hacer lo que tenemos que hacer.

Victoria lo miró y se preguntó por qué se comportaba de ese modo. Estaba permitiendo que el deseo lo controlara, que dictara sus necesidades y sus actos. Pero, por otra parte, ¿quien era ella para juzgarlo? ¿No había sido precisamente ella quien se había dejado llevar la noche anterior?

–No sé en qué sentido nos puede ayudar –dijo con voz trémula.

Él la miró a los ojos.

–Se supone que somos amantes, Victoria. El sexo daría autenticidad a nuestra relación.

Capítulo 7

CUANDO por fin llegó el ascensor, Victoria se maldijo para sus adentros y se dedicó una larga lista de descalificaciones.

No podía creer que estuvieran manteniendo aquella conversación; no podía creer que hubiera permitido que la masturbara y, sobre todo, no podía creer que su propuesta de relaciones sexuales le pareciera enormemente tentadora.

Buscó alguna excusa que lo explicara, pero no encontró más culpable que su propia debilidad. Al parecer, no era tan fuerte como suponía. O nadie la había tentado tanto.

Nadie, salvo Nathan. Pero aquello había sido distinto: un encaprichamiento típico de adolescente, tan romántico y leve en las formas como casi platónico en el fondo. Y su relación con Dimitri Markin no tenía nada de leve. Era oscura, sudorosa, profunda. Le hacía desear cosas que ni siquiera había sabido que deseaba.

Dimitri era la quintaesencia de la tentación. Y una sorpresa en muchos aspectos.

Victoria siempre había pensado que los hombres como Nathan eran su kriptonita particular. Hombres que hablaban con elegancia y llevaban trajes que les quedaban como una segunda piel.

Pero había perdido la cabeza por un hombre duro y

a veces grosero que se divertía asustándola. Un hombre que, cuando se ponía un traje, parecía incómodo y a punto de hacerlo trizas. Un hombre que le había descubierto una parte de sí misma que había permanecido demasiado tiempo en el olvido. Un hombre que le había devuelto el placer. Un hombre capaz de llevarla al orgasmo en la terraza de un hotel, prácticamente a la vista de todo el mundo.

Y ella se lo había permitido.

Dimitri se puso junto a Victoria en el ascensor, aumentando su nerviosismo. Tenía miedo hasta de respirar, porque su aroma le gustaba demasiado. Quién habría creído que unas semanas antes, cuando entró en el gimnasio, frunció el ceño ante el olor a testosterona. Ahora le parecía el más atractivo del mundo.

Cuando llegaron a la planta baja, salió del ascensor sin esperar a Dimitri. Necesitaba alejarse de él. Aunque estaba segura de que toda distancia le parecería corta mientras estuvieran en el mismo continente. En ese momento, habría dado cualquier cosa por poder huir a Inglaterra.

—El salón está por aquí —dijo ella, sin mirarlo.

Victoria avanzó por un pasillo, consciente de que Dimitri la seguía a poca distancia. Solo se oían los tacones de sus zapatos, porque él llevaba zapatillas deportivas y no hacían ningún ruido. Pero hasta eso le pareció indignante. Ella, que iba perfectamente vestida, se sentía incómoda. Él, que llevaba ropa deportiva, estaba tan tranquilo como si no pasara nada.

Por lo visto, sabía mantener el control en todas las circunstancias.

Victoria se preguntó cómo lo hacía, cuál era su truco. Y no encontró respuesta alguna. Como tampoco la encontraba para el hecho de que la hubiera seducido con tanta facilidad.

Había perdido la cabeza por completo, y sabía que ni el vino de la cena ni el encanto de Nueva Orleans eran excusas creíbles. La había perdido por él, por un hombre que parecía un guerrero de tiempos remotos. Por alguien que, a largo plazo, sería totalmente incompatible con su forma de vida.

Pero ¿a quién le importaba el largo plazo?

Victoria intentó cambiar el rumbo de sus pensamientos, y fracasó. Desesperada, se dijo que quizá se estaba volviendo loca. Quizá fuera eso, una enfermedad mental. Porque había llegado al extremo de obsesionarse con el susurro apenas perceptible de las zapatillas de Dimitri y el ruido clamoroso, en comparación, de sus propios tacones.

En cualquier caso, no debía obsesionarse con él. La había llevado al orgasmo, sí, pero tampoco era para tanto; a fin de cuentas, había tenido muchos orgasmos a lo largo de su vida. Y, por muy especiales que fueran sus besos y caricias, no la iban a apartar de su camino.

Al llegar al final del pasillo, abrió unas puertas dobles y dijo:

—Creo que esto bastará.

Él arqueó una ceja.

—¿En serio?

Ella suspiró.

—A mí me parece que ha quedado muy bien. Pero, si querías que hiciera otra cosa, deberías haberlo dicho antes.

—No he dicho que no me guste.

—Lo has insinuado. Con tu tono de voz.

Dimitri soltó una carcajada.

–No sabía que fueras especialista en mis tonos de voz, *milaya moya*.

–Ni soy especialista en tu forma de hablar ni necesito cumplidos en un idioma extranjero –protestó Victoria, disgustada.

–Para mí, no es un idioma extranjero.

Ella asintió. Eso no se lo podía discutir.

–Sí, es verdad...

–Pero, ya que te interesa tanto mi opinión, te diré que lo han dejado muy bonito. La decoración es elegante, y no parece que falte nada –observó Dimitri–. ¿Esperas que venga mucha gente?

–Vendrá mucha gente. No lo dudes –contestó con orgullo.

–Pues deberías sentirte orgullosa. Las relaciones sociales se te dan muy bien. Si lo hubiera organizado yo, no vendría nadie.

–¿Tú crees?

–Por supuesto que lo creo. A no ser que los famosos de turno quieran ver un combate en mitad de la sala. O que ardan en deseos de que seduzca a sus mujeres –respondió él–. Soy lo que soy, y mi reputación es como es.

Victoria admiró sus anchos hombros, sus músculos bien definidos y el leve bulto de su nariz, que le daba un aspecto peligroso. No era de la clase de personas que disfrutaban con actos como el de aquella noche. Era demasiado independiente.

–Tú eres mucho más que tu reputación, Dimitri.

–Bueno, yo no estaría tan seguro –dijo con ironía–. Pero tendremos que convencer a los demás de que tienes razón.

Ella asintió lentamente, sin mirarlo.

–Sí, eso es cierto –Victoria carraspeó y cambió de conversación, ansiosa por pasar a asuntos menos personales–. Las sillas y las mesas se instalarán allí, al fondo... La cena se servirá a las nueve, y habrá baile y música en vivo.

–¿Por qué me niegas la mirada, Victoria?

–Yo no te niego nada –afirmó ella, con la vista clavada en el escenario–. No estamos aquí para mirarnos el uno al otro, sino para ver la instalación y decidir si nos parece bien.

Él sonrió.

–Te pones muy quisquillosa cuando no puedes controlar una situación. Y ahora estás sospechosamente quisquillosa, teniendo en cuenta que no he hecho nada que justifique esa actitud. ¿Qué ocurre, Victoria? ¿Por qué te sientes insegura? ¿Es que tu cuerpo te desobedece?

Ella se puso tensa.

–¿Por qué piensas que me desobedece?

–Porque creo que aún me obedece a mí.

Victoria emitió un ruido extraño, una mezcla de resoplido y gruñido.

–No sé de qué demonios estás hablando, pero te aseguro que mi cuerpo no ha obedecido nunca al tuyo.

Dimitri arqueó una ceja.

–¿Y qué me dices de anoche?

Victoria apretó los dientes. Su parte más cautelosa la animaba a huir; pero su parte más descarada, la que odiaba perder, la instaba a plantar batalla a Dimitri.

–Deja de sentirte tan orgulloso –replicó–. No me diste nada que no me haya dado yo misma en infinidad de ocasiones.

–Ya, pero no estabas en un balcón y a la vista de cientos de personas –le recordó él–. Eres mucho más atrevida de lo que pensaba.

La temperatura de Victoria subió al instante, pero intentó hacer caso omiso.

–No quiero que hablemos de eso. Quiero hablar de la gala de esta noche.

–Muy bien, juguemos a tu modo.

–Excelente.

–Pero, antes de seguir, tengo que hacerte una pregunta.

Victoria se cruzó de brazos.

–¿Cuál?

Él la miró durante unos momentos antes de hablar.

–¿Me deseas? ¿Te gustaría que hiciéramos algo más que lo que hicimos anoche?

–Eso es irrelevante –contestó, incómoda.

–Puede que sí, pero es la pregunta que he formulado. Cuanto antes respondas, antes podremos seguir con lo que a ti te parece relevante.

Victoria respiró hondo, decidida a ser sincera. Después de lo sucedido en la terraza, no podía mentirle a él ni mentirse a sí misma.

–Es obvio que te encuentro atractivo. Sería estúpido que lo negara. Sin embargo, eso no significa necesariamente que te desee.

–Discúlpame, pero estás confundiendo los términos. Dices que no me deseas cuando quieres decir que no me quieres desear. Y son cosas diferentes.

Ella tuvo la sensación de que sus defensas se derrumbaban sin remedio.

–¿Tú crees?

Los oscuros ojos de Dimitri brillaron con frustración.

–Naturalmente que lo creo. Son cosas muy distintas –afirmó–. Yo podría salir a la calle, chasquear los dedos y conseguir a la mujer que quisiera. Podría salir del hotel ahora mismo y estar con una mujer dentro de una hora, haciendo el amor... Es una decisión mía, que depende de lo que yo desee. Pero no voy a salir a buscar a nadie. ¿Sabes por qué?

–No –acertó a decir.

–Porque te deseo a ti.

Victoria se quedó atónita.

Dimitri la deseaba.

Y no la deseaba por los beneficios que pudiera sacar de su relación, sino porque se sentía atraído por ella. La deseaba por uno de los motivos más limpios que existían: por simple y pura atracción física.

Jamás se había sentido tan halagada.

–¿Crees acaso que a mí me parece conveniente? ¿Crees que yo lo quiero más que tú? –siguió él–. Me gustaría que fuera de otra forma, pero ese deseo es cualquier cosa menos conveniente. Nuestra relación es demasiado complicada.

Victoria sintió un vacío en el estómago.

–Entonces, ¿por qué molestarse? La vida ya es bastante difícil como para complicarla más.

–Cierto. Pero las cosas difíciles son más divertidas.

–No para mí.

Él la miró fijamente.

–No mientas... A ti también te encantan los desafíos. Eres como yo. Darías cualquier cosa por una buena pelea, y la nuestra lo es.

Ella asintió a regañadientes.

–Está bien... Sí, confieso que te deseo. Pero no te quiero desear.

Cuando fue consciente de lo que había dicho, Victoria se sintió como si hubiera metido la cabeza en una hoguera. Ya había pasado por esa situación, y había terminado humillada y destrozada por culpa del deseo. Se había ofrecido desnuda a Nathan, y Nathan la había rechazado.

Pero el deseo de ahora era distinto. En algunos sentidos, era más grande y profundo que el de entonces. Aunque no estuviera enamorada de Dimitri.

Ofrecerse a un hombre desde el candor y la ingenuidad de una chica de dieciséis años no se parecía nada a hacer lo mismo desde la experiencia de una mujer adulta. Para empezar, ya no confundía el deseo con el amor. Conocía su cuerpo, y sabía que la tensión que sentía entre los muslos no se debía a ninguna ensoñación romántica, sino a la simple y pura necesidad de que la penetrara, de perderse en su piel, de abrazarse el uno al otro mientras buscaban el clímax.

De repente, tuvo una sensación muy parecida al vértigo.

–Te prometo que no te seduciré –dijo Dimitri con voz ronca–. Te doy mi palabra.

Ella rio.

–Como si tú pudieras seducirme.

–Ya te he seducido, Victoria. Lo de anoche lo demuestra –afirmó–. Hasta conseguí que dejaras de pensar... Pero, por mucho que me agrade eso, no te llevaré a la cama si no eres perfectamente consciente de lo que haces.

Dimitri se detuvo un momento y añadió, con voz ronca:

–No, yo no te seduciré. La decisión será tuya. Tú me pedirás que hagamos el amor.

Victoria ya se había dado cuenta de que Dimitri no era el mujeriego supuestamente insustancial que había imaginado al principio, sino un guerrero. Y, por primera vez, apreció ese detalle en su justa medida. Y la excitó un poco más.

–Yo... –empezó a decir, con la boca seca–. Yo no voy a... No te voy a pedir que...

–Entonces, no haremos nada –la interrumpió–. Porque no te voy a presionar.

Dimitri se llevó una mano a la muñeca y desató la pulsera de cuero que llevaba. Victoria la había visto dos o tres veces, y había despertado su curiosidad porque no parecía ser de los que se preocupaban demasiado por su aspecto. Evidentemente, era algo más que un complemento.

–Toma. Quédatela.

Él se la ofreció y ella la aceptó. Aún estaba caliente por el contacto de su piel.

–¿Qué es?

–Nada de valor sentimental. Solo es una especie de amuleto de la buena suerte. Me la ponía cuando peleaba... Pero ya no peleo, así que solo me la pongo por costumbre –la voz de Dimitri sonó extrañamente distante–. Ahora es tuya.

Victoria supo que aquel objeto significaba algo más para él; algo que no le había dicho. Pero no sabía si tenía derecho a interesarse por ella, de modo que tardó un momento en preguntar:

–¿Por qué me la das a mí? ¿Para que me sienta en deuda contigo? Porque te aseguro que necesitarías bastante más que una pulsera de cuero.

Él sacudió la cabeza.

–Me temo que lo has entendido al revés. Soy yo

quien se siente en deuda contigo. Anoche me hiciste un gran regalo.

El pulso de Victoria se aceleró. ¿Sería posible que lo hubiera adivinado? ¿Se habría dado cuenta de que era virgen?

–¿A qué regalo te refieres? –preguntó con ansiedad.

–A tu orgasmo, princesa. Y debes saber que te lo doy sin esperar nada a cambio, sin expectativa alguna –contestó–. Pero si llegaras a decidir que quieres estar conmigo...

–¿Sí?

–Devuélvemela y lo sabré.

Ella tragó saliva.

–No lo entiendo... ¿Por qué haces esto, Dimitri?

–Nathan te sedujo cuando eras muy joven, aprovechándose de que no tenías experiencia en el amor. Pero, si tú y yo nos acostamos, será porque tú lo decidas; con plena consciencia de lo que haces. Piensa que esa pulsera es un símbolo. Nada más.

–Pues espero sinceramente que no signifique nada importante para ti, porque no te la voy a devolver –le advirtió.

–En ese caso, será tuya –afirmó–. Créeme, sé lo que se siente cuando los demás te dejan sin opciones. Jamás obligaría a una mujer a acostarse conmigo. No sería capaz de forzarla, engañarla o extorsionarla. He pasado por eso y he sentido la angustia de saber que estás atrapado, sin posibilidad de elegir... Yo no te haré lo mismo. Te lo prometo.

Súbitamente, Dimitri salió de la habitación y la dejó con la pulsera de cuero.

Ella bajó la cabeza y miró el símbolo que acababa

de dejar en su mano. Un símbolo de libertad, de libre albedrío.

Pero no se la iba a devolver.

Fuera como fuera, encontraría la forma de resistirse a sus encantos. Tenía que encontrarla. Porque, de lo contrario, solo se podría culpar a sí misma.

Capítulo 8

TODO iba según el plan. La sala estaba preciosa, la comida tenía un aspecto excelente y los invitados parecían contentos. Victoria tenía motivos para sentirse feliz, pero la actitud de Dimitri la había dejado desconcertada. Y no precisamente porque no interpretara bien su papel, sino por todo lo contrario.

Llevaba el esmoquin con tanta elegancia y soltura como si hubiera crecido con él. Le quedaba perfecto, y hasta disimulaba en parte sus músculos; aunque no hasta el extremo de que pareciera completamente civilizado. Y Victoria se alegró de que no lo pareciera por completo. Un Dimitri civilizado habría sido demasiado para ella.

Sin darse cuenta, se había acostumbrado al hombre hosco y salvaje con el que había estado los dos últimos días. El hombre que le había dado un orgasmo en la terraza.

Se acordó de la pulsera y se preguntó por qué la había llevado a la gala. No la llevaba encima, pero la había metido en su bolso antes de salir de la suite. Y ni siquiera conocía el motivo. Al fin y al cabo, no la iba a necesitar. No se la iba devolver.

Entonces, ¿por qué la había llevado? Solo había una respuesta posible: porque, consciente o inconscientemente, deseaba devolvérsela.

En un esfuerzo por detener su excitación, se mordió el carrillo. No podía acostarse con Dimitri. No debía rendirse al deseo. Pero sus pensamientos volvían una y otra vez a él. Y cuando no eran sus pensamientos, era algún detalle que se lo recordaba. Como el sonido de sus propios zapatos en el suelo de mármol.

La clase de zapatos que, según Dimitri, animaban a un hombre a acercarse por detrás y darle placer hasta dejarla sin aliento.

Victoria se maldijo, desesperada.

Empezaba a pensar que no había nada malo en dejarse llevar por la tentación. De hecho, ya no sabía por qué era tan importante que se resistiera a ella.

¿Por la fuerza de la costumbre, quizá? ¿O era por miedo?

Tras sopesarlo durante unos segundos, llegó a la conclusión de que se resistía por miedo. Pero solo sirvió para que se reafirmara en la decisión que había tomado. No se la iba a devolver. Dimitri se quedaría sin la pulsera.

Sin embargo, aquel símbolo había servido para que entendiera la dificultad de asumir sus propias decisiones. Tanto si se la devolvía como si no, la responsabilidad sería enteramente suya. No podría culpar a nadie. No se podría escudar en el victimismo.

En ese sentido, su historia con Nathan había sido bastante más fácil. Ella era una jovencita de dieciséis años y él, un hombre mayor, con mucha experiencia. Tenían una relación tan desequilibrada que le había dado una excusa magnífica para declararse inocente de todo mal y achacarle todo el peso de la culpa. No se le había ocurrido hasta entonces, pero ese reparto de papeles había servido para que su ruptura le resultara menos dolorosa.

Al pensar en Nathan, se preguntó si el miedo que le impedía acostarse con Nathan no sería simple y puro miedo al rechazo. A desnudarse delante de un hombre y no gustarle. A ofrecerse a él y descubrir que no la deseaba.

Era una posibilidad aterradora, que no se sentía capaz de afrontar.

Sin embargo, respiró hondo y se dijo que no era momento de torturarse con esas cosas. Estaba allí para hacer un trabajo, y eso implicaba encontrar a su prometido y pasear con él entre los invitados.

Echó un vistazo a su alrededor y lo descubrió junto a una de las mesas, con aspecto de sentirse completamente fuera de lugar. Ya no era el anfitrión perfecto que le había parecido antes. Volvía a ser el de siempre, el gran guerrero por el que se sentía tan atraída.

Mientras cruzaba la sala, Dimitri la vio y se apoyó en la pared, con movimientos tan fluidos como los de una pantera. Ella siguió caminando y se quedó sorprendida cuando, en lugar de saludarla, tomó su mano y se la besó.

La sensación no pudo ser más maravillosa. Ni más desconcertante.

—¿Quién eres tú? ¿Qué has hecho con Dimitri?

Él le soltó la mano.

—¿No estás contenta con mi interpretación?

—Cómo no lo voy a estar... Eres la viva imagen de un hombre refinado.

—Pues no parece que te guste.

Victoria se encogió de hombros.

—Bueno, es posible que esté un poco confusa. Pareces... distinto.

–¿Por qué? ¿Porque no estoy medio desnudo ni empapado de sudor?

Ella tragó saliva.

–Sí.

No lo pudo negar. En parte, le parecía distinto por eso. Y echaba de menos al Dimitri de siempre, al que secretamente admiraba.

Pero no lo admiraba porque su forma de ser tuviera algo que ver con la suya, sino por todo lo contrario.

Era rebelde y exuberante. Un soplo de aire fresco en una habitación cerrada de fiestas, conversaciones educadas y sacrificio.

De repente, se sintió terriblemente cansada.

Estaba harta de ser buena. Harta de haber tomado el camino de la expiación. Harta de tener miedo de sus propios sentimientos.

Harta de ser virgen.

Habría dado lo que fuera por regresar al pasado y estar en la terraza del hotel, sometida a sus caricias, sin sentir nada salvo placer y deseo.

Dimitri había conseguido que su temor y su sentimiento de culpa desaparecieran. Que se olvidara de todo lo demás y se concentrara en el calor que la consumía.

Sin darse cuenta, volvió a pensar en la pulsera que llevaba en el bolso.

Y se asustó tanto que cambió rápidamente de conversación.

–Bueno... ¿Qué opinas de la fiesta?

–Que va muy bien. No puedo decir que arda en deseos de pronunciar un discurso, pero supongo que estoy preparado.

Victoria se giró hacia la mesa y alcanzó una copa de champán.

–¿Preparado?

–Pareces sorprendida...

–Sí, un poco.

–Pues no deberías estarlo. Todo esto ha sido idea tuya.

Ella apartó la mirada.

–Lo sé, pero me extraña que me hayas hecho caso.

–Sería absurdo que hubiera contratado tus servicios y no te hiciera caso. Sobre todo, cuando se supone que nos vamos a casar.

Victoria miró el anillo de compromiso, que brillaba bajo las luces.

–Tú no has contratado mis servicios. Yo te los ofrecí –le recordó.

–Pero a mí me parecieron de utilidad.

–Vaya, qué halagador –dijo con ironía–. Ahora soy de utilidad.

–Sí, aunque no de la que me gustaría darte.

–Basta, Dimitri...

Ella se ruborizó e intentó hacer caso omiso del calor que sentía, pero sin éxito.

Justo entonces, la música dejó de sonar. El maestro de ceremonias se dirigió a los invitados y empezó a hablar de Dimitri Markin.

A Victoria se le hizo un nudo en la garganta. ¿Era posible que estuviera nerviosa por él?

Tras pensarlo un momento, llegó a la conclusión de que no estaba nerviosa por Dimitri, sino porque necesitaba que todo saliera bien. De lo contrario, su esfuerzo habría sido inútil. Estaba allí para ayudarlo en su causa, y quería que tuviera éxito.

Aunque la causa de Dimitri no fuera de ella.

Él se bebió el resto de la copa de champán que llevaba en la mano y la dejó en la mesa. Ella llevó las manos a la pajarita del esmoquin y se la enderezó.

–Vas a estar magnífico. Ya lo verás.

Dimitri sonrió, aunque parecía algo tenso.

–Por supuesto que lo estaré. Ganaré todos los combates que me organices.

A continuación, subió al escenario y empezó a hablar.

–Ante todo, permítanme que agradezca su presencia y, muy especialmente, los esfuerzos de mi querida prometida, Victoria Calder, responsable de la organización de este acto. Si lo hubiera organizado yo, ahora estarían comiendo frutos secos en un bufé de mala muerte.

Los invitados rompieron a reír.

–No soy famoso por mis buenos modales. Soy famoso por mis habilidades como luchador –continuó–. Y, aunque mi vida ha cambiado mucho, sus cimientos siguen siendo los mismos... Cosas que aprendí de un gran hombre, Colvin Davis. Un nativo de Nueva Orleans que se marchó a Londres en busca de fortuna y que, más tarde, se cruzó conmigo en Moscú. Supongo que me encontró decepcionante, pero pensó que yo tenía talento y me prestó su ayuda.

Dimitri cambió de posición y dejó de hablar durante unos segundos. Victoria contuvo la respiración. Lo conocía lo suficiente como para saber que se sentía incómodo, pero supo que los invitados no se habían dado cuenta. Disimulaba bien.

–Los valores que me inculcó me convirtieron en algo más que un luchador de primer nivel. Me hicieron mejor persona –dijo–. Mi amigo me enseñó a controlar y canalizar mi rabia. Me ayudó a dejar de sobrevivir y empezar a vivir de verdad... Y eso es lo que quiero ofrecer a los niños que se beneficiarán de la fundación que lleva su nombre. Un lugar para aprender y crecer. Con la esperanza de que cambie sus vidas como Colvin Davis cambió la mía.

Victoria echó un vistazo a la sala. Todo el mundo estaba en silencio, escuchándolo con atención. No se oía ni el tintineo de una copa.

–Sé que mi reputación no es precisamente ejemplar. He disfrutado a fondo de la fama y del dinero. Crecí en la pobreza, y supongo que el éxito repentino me emborrachó demasiado. Pero Colvin me sacó de la oscuridad. Sin él, no habría llegado a ser lo que soy. Y sin Victoria Calder, mi prometida, no estaría aquí esta noche.

Todos los ojos se clavaron en Victoria, que sonrió con naturalidad. Estaba acostumbrada a ese tipo de actos. Pero esta vez fue distinto para ella, porque no era un trabajo como otros. Era algo personal. Algo que le importaba.

–Victoria me animó a sincerarme con ustedes y a usar mis habilidades en beneficio de los demás. Pero ya los he aburrido demasiado. Disfruten de la cena, del baile y de la noche.

Los invitados aplaudieron mientras Dimitri bajaba del escenario y caminaba hacia ella.

Cuando se detuvo a su lado, Victoria abrió la boca para felicitarlo por su discurso. Entonces, la música empezó a sonar otra vez y Dimitri hizo algo que la sorprendió.

La tomó de la mano y dijo:

–Querida mía, creo que ha llegado el momento de que bailemos.

Victoria se maldijo por no habérselo sugerido ella, teniendo en cuenta que, supuestamente, era un bastión de gracia y buenos modales. Pero, pensándolo bien, eso carecía de importancia.

—Por supuesto —dijo con una sonrisa.

Dimitri la llevó al centro de la sala y la tomó entre sus brazos. Luego, se inclinó sobre ella y le susurró al oído:

—No te hagas ilusiones. Solo vamos a bailar.

Victoria soltó una carcajada nerviosa, extrañamente decepcionada por el hecho de que solo fueran a bailar. Habría dado cualquier cosa por un beso.

—Sí, supongo que es lo mejor. Una sala con quinientos invitados no es un lugar precisamente íntimo —observó ella.

Él le puso una mano en la parte baja de la espalda y la apretó con más fuerza.

—Claro que no. Pero recuerda que estamos aquí para dejarnos ver.

—Y lo estamos haciendo muy bien —afirmó.

Dimitri arqueó una ceja.

—¿Eso es un cumplido?

—No te sorprendas tanto.

El comportamiento de Dimitri la desconcertó. No bailó exactamente con ella. Se limitó a mecerla de un lado a otro, siguiendo el ritmo de la música, como si no fuera un baile de verdad, sino una excusa para tocarse en público, de un modo socialmente aceptable.

—Hablas con un tono de voz tan seco que, a veces, pareces una especie de institutriz —protestó él.

—Pues se supone que soy tu prometida...

Él le acarició la mejilla con un dedo.

—Exacto. Se supone que eres mi amante. No una

mujer rígida y estirada que me manda a la cama sin cenar –bromeó.

–En ese caso, me alegra que interpretemos tan bien nuestros papeles.

Victoria intentó mirar a los invitados, para asegurarse de que su afirmación era correcta. Pero él impidió que lo dejara de mirar.

–Los interpretaríamos mejor si me dieras un beso.

A ella se le encogió el corazón.

–¿No has dicho que solo íbamos a bailar?

–Sí, bueno... Pero hay que mantener las apariencias.

Dimitri le pasó el dedo por el labio inferior, volviéndola intensamente consciente de su boca. De hecho, tuvo la extraña sensación de que sus labios estaban demasiado secos, y se sintió en la extraña necesidad de humedecérselos con la lengua.

Pero ni la propia Victoria sabía lo que iba a pasar después.

De improviso, se manifestó una parte de ella de la que ni siquiera tenía noticia. Una parte pícara, atrevida y traviesa que la incitó a lamerle el dedo.

Al sentir su sabor salado, se estremeció.

–¿Sabes lo que estás haciendo? –susurró él–. ¿Sabes lo que me estás pidiendo?

Ella asintió despacio.

–Creo que sí.

–Pues no esperes sexo, porque no me has devuelto lo que te di.

Victoria contuvo la respiración. Obviamente, se refería a la pulsera de cuero, al símbolo de su libertad para decidir.

Dimitri había sido muy listo. Sabía que, si se veía

obligada a pensar en algo tan mundano como devol-
verle un objeto, no tomaría una decisión apresurada.
No se dejaría llevar por un impulso pasajero. Tendría
tiempo de sopesar el asunto.

–No nos podemos ir todavía. Tenemos que estar
una hora más, por lo menos. Y la pulsera está en mi
bolso, que he dejado en el guardarropa –dijo ella–. Te
la devolveré cuando nos vayamos.

Hasta la propia Victoria se quedó asombrada con
lo que había dicho. No podía creer que estuviera dispuesta a acostarse con Dimitri.

Pero ¿por qué no?

Se había negado el placer durante muchos años y
no había conseguido nada de nada. Hasta había estado
a punto de sacrificarse con un matrimonio de conveniencia. ¿Y para qué?

Había permitido que su experiencia con Nathan de-
terminara su vida. Había reprimido sus emociones y
sus necesidades sexuales en un intento absurdo por de-
mostrarse a sí misma y demostrar a su padre que había
superado sus errores de juventud, que se había convertido en una mujer fuerte e inteligente.

Pero no había conseguido nada. Ni podía cambiar
el pasado ni había recuperado el respeto de su padre,
a quien le daba igual que se casara con un príncipe o
con un maestro de artes marciales. Había perdido
London Diva y no la podía perdonar.

Sin embargo, la redención estaba al alcance de su
mano. Recuperaría la empresa de la familia y empe-
zaría a vivir de otra forma.

Victoria no se hacía ilusiones con Dimitri. No esperaba amor eterno. No buscaba un futuro con él. Solo
quería un futuro que fuera suyo, pero suyo de verdad,

sin someterlo a las supuestas aspiraciones de su padre ni esclavizarlo al recuerdo de su relación con Nathan.

Aquella noche daría el primer paso.

Había tomado una decisión, e iba a reclamar lo que había perdido al permitir que un simple fracaso cambiara su forma de ser.

–¿Estás segura de lo que dices? –preguntó Dimitri.

Ella arqueó una ceja.

–¿Crees que no sé lo que quiero?

–No.

–Pues ya tienes tu respuesta.

Él asintió.

–En ese caso, solo tenemos que esperar una hora más...

Victoria sintió vértigo, pero no porque tuviera miedo o se arrepintiera de la decisión tomada. Era simple excitación. La perspectiva del placer que, por fin, iba a abrazar.

–Sí –dijo–. Una hora.

Capítulo 9

PARA Dimitri, fueron sesenta minutos interminables.

Estaba acostumbrado a la relatividad del tiempo. Cuando luchaba, se volvía más lento o más rápido en función de las circunstancias. A veces parecía que se había detenido y, a veces, sobre todo al final de los combates, se aceleraba de un modo asombroso.

Pero aquello era distinto.

Además de la espera, que se volvió una tortura, tuvo que dar conversación a un montón de famosos con trajes de gala mientras su mente se llenaba de imágenes sobre lo que iba a hacer con Victoria cuando se quedaran a solas, cuando le bajara la cremallera del vestido rojo que se había puesto, la desnudara y le hiciera el amor.

De vez en cuando, miraba la hora y se sentía aliviado al comprobar que había pasado un minuto más. Por desgracia, siempre había un minuto siguiente. Y todos le parecían insoportablemente lentos.

Por fin, se cansó de la espera y se alejó del hombre con el que estaba charlando, al que dejó con la palabra en la boca. Sabía que era una grosería, pero no le importó. No podía pensar en nada que no fuera Victoria y su precioso cuerpo, Victoria y sus preciosos labios, Victoria y su tono de voz firme y claro que, en pocos momentos, se transformaría en el tono de una mujer excitada.

La buscó entre la multitud y caminó hacia ella. Aquella noche se había recogido el pelo en un moño, dejando mechones sueltos que, sin embargo, no ocultaban la visión de su largo y sensual cuello. Dimitri sonrió y pensó que el peinado era como ella, todo elegancia, una maravilla consistente en ocultar lo justo y enseñar lo justo.

Una combinación irresistible.

—¿Victoria?

Al verlo, ella se ruborizó un poco.

—Nos tenemos que ir, cariño —continuó Dimitri, que lanzó una mirada rápida a sus acompañantes—. A no ser que estés ocupada...

Victoria interpretó su papel a la perfección. Reaccionó como una novia profundamente enamorada, pero sin ofender a sus invitados.

—Por supuesto que no. Ya sabes que mi tiempo es tuyo —dijo con suavidad—. Les ruego que nos disculpen... Tenemos cosas que hacer.

Victoria pronunció las últimas palabras con picardía, para que todos pensaran que iban a hacer algo romántico. Era lo más conveniente para sus intereses. Y era cierto.

Dimitri le guiñó un ojo y pronunció una frase en ruso que, a decir verdad, no era un comentario de carácter amoroso, sino una opinión sobre el clima. Pero sabía que los invitados no entendían su idioma materno, y que lo interpretarían como si hubiera dicho algo terriblemente seductor.

Su pequeña broma funcionó tan bien que una de las mujeres lo miró a los ojos con intensidad, en un gesto que no admitía dudas. Le estaba diciendo que, si le apetecía una aventura pasajera, estaría encantada de ofrecerse a él.

Pero a Dimitri solo le interesaba Victoria, así que le pasó un brazo alrededor de la cintura y comentó:

—Recuerdo que tenemos que pasar por el guardarropa.

—Ah, sí...

Victoria se despidió de los invitados y se alejó con él.

—No te estarás arrepintiendo, ¿verdad?

—¿Por qué preguntas eso?

—Porque estás muy tensa —contestó—. Cualquiera diría que, en lugar de llevarte a la cama, te estoy llevando al patíbulo.

—Discúlpame... No tengo mucha experiencia con estas cosas.

Dimitri se sintió culpable y se maldijo para sus adentros. ¿Cómo era posible que lo hubiera olvidado? Nathan la había dejado tan marcada que su reacción natural ante ese tipo de situaciones era la desconfianza y el miedo.

Por supuesto, estaba seguro de que Victoria habría tenido bastantes encuentros amorosos a lo largo de los años, pero también lo estaba de que no se sentía tan cómoda como él. En su caso, era rutina. Algo tan sencillo como respirar.

Mientras caminaban, se dio cuenta de que había una diferencia entre Victoria y sus amantes anteriores. Hasta entonces, siempre había estado con mujeres que solo buscaban un poco de diversión. Desde ese punto de vista, no les podía hacer ningún daño. Ni él les importaba en exceso ni ellas le importaban a él. Pero Victoria le importaba, y se volvió a sentir culpable.

¿Qué demonios estaba haciendo?

No merecía tocarla. No era más que un luchador lleno de tatuajes, que había derramado mucha sangre a lo largo de su vida y que había hecho de la violencia una profesión. En cambio, ella era una criatura perfecta y, en algunos aspectos, perfectamente inocente.

Él no le podía ofrecer nada. Nada salvo un poco de amor.

Pero eso no lo iba a detener.

—No tengas miedo de mí —dijo, sintiéndose tan mal como si no estuviera siendo sincero—. No te voy a hacer daño.

Ella respiró hondo.

—En cualquier caso, he tomado una decisión. Y no me voy a echar atrás.

Al llegar al guardarropa, Victoria sacó un resguardo y se lo dio a la mujer del mostrador, que regresó segundos después con una chaqueta negra y un bolso.

Victoria no perdió el tiempo. Abrió el bolso, alcanzó la pulsera de cuero y la puso en la muñeca de Dimitri.

—¿Lo ves? Lo he pensado bien. No es una decisión impulsiva, tomada en un momento de embriaguez amorosa. O, por lo menos, de absoluta embriaguez —puntualizó con humor—. Ha pasado una hora desde que te lo dije. Hemos hablado con gente, cruzado el salón, intercambiado unas cuantas palabras sobre mi nerviosismo y hasta esperado a que me dieran el bolso, pero mi decisión sigue siendo la misma. La pulsera es tuya. Y te sigo deseando.

Dimitri le había dicho que aquella pulsera no tenía ningún valor emocional. Y había mentido. Era de su padre. Se la había quitado instantes después de que una bala acabara con su vida.

Era un recordatorio.

De la decisión más difícil que había tomado, porque su padre lo había puesto entre la espada y la pared y lo había obligado a elegir en circunstancias verdaderamente terribles.

¿Qué prefería? ¿La vida de su padre? ¿O la vida de su madre y la de él mismo?

A decir verdad, solo tenía una opción. Una opción que implicaba ser fuerte.

Y lo fue.

–No sabes cuánto significa esto para mí, *milaya moya*.

Dimitri se ajustó la pulsera con manos temblorosas. Era como si algo hubiera estallado en su interior. Una sensación que se parecía mucho a la que había experimentado en aquella casa de Moscú, cuando tuvo que sostener una pistola y apuntar a su padre.

Fue como si el mundo colgara de un hilo, como si todo estuviera a punto de cambiar y todo dependiera de él. Si no actuaba deprisa, el equilibrio entre la vida y la muerte se rompería en la dirección equivocada. Solo podía hacer una cosa. Algo espantoso, pero también inevitable.

¿Qué era aquella sensación?

Era miedo.

Dimitri no lo pudo creer. ¿Cómo era posible que tuviera miedo de acostarse con Victoria? Se había acostado con infinidad de mujeres. Había hecho el amor con ellas. Las había tocado, seducido y penetrado tantas veces que había perdido la cuenta.

¿Por qué era distinto con Victoria?

La respuesta apareció en su mente de inmediato. Era distinto porque Victoria era distinta. Lo había sabido desde el principio, aunque se negara a aceptarlo. Por eso había mantenido las distancias. Por eso se resistía a dejarse llevar.

Porque era diferente.

Desconcertado, apretó los dientes y la miró a los ojos mientras se decía que aquello no tenía ni pies ni cabeza. Por muy distinta que fuera Victoria, seguía siendo una mujer. Solo una mujer. Nada más que una mujer.

–¿Nos vamos?

Ella asintió y dijo:

–Por suerte, nos alojamos en la misma suite. No tendremos que pasar por ese momento tan incómodo de decidir si vamos a tu habitación o a la mía.

–Yo no estaría tan seguro de eso. Aunque nos alojemos en la misma suite, no dormimos en la misma habitación –le recordó.

–Sí, bueno, pero es más conveniente...

–¿Victoria?

–Sí.

–Deja de hablar de una vez.

Victoria cerró la boca y apretó los labios. Él estuvo a punto de hacer una broma y decir que el silencio debía de ser una novedad para ella, pero se refrenó.

No era el momento más adecuado para gastar bromas. Victoria se estaba esforzando por reducir la tensión que los había enfrentado tantas veces, y Dimitri no lo quería estropear bajo ningún concepto.

Solo importaba lo que iban a hacer. Solo importaba ella.

Le pasó un brazo alrededor de la cintura y la llevó por el pasillo que daba a los ascensores. Al llegar, pulsó el botón de llamada y esperaron hasta que las puertas se abrieron.

Si hubiera estado con otra mujer, la habría abrazado y besado apasionadamente al encontrarse a solas con ella en el interior relativamente cálido del ascensor. Habría empezado lo que terminarían después en la cama.

Pero no estaba con otra mujer, sino con Victoria.

Además, quería admirarla durante unos minutos, contemplar sus grandes pupilas dilatadas, la vena que temblaba en la parte baja de su cuello y el leve rubor que decoraba sus mejillas, síntoma inequívoco de su excitación.

Quería saborear el momento, disfrutar de no haberla visto desnuda todavía, de no tener certezas, de no saber.

La espera podía ser un periodo perversamente placentero en cuestiones de amor. Cuando se despojaran de la ropa y miraran por primera vez sus cuerpos desnudos, ya no tendrían que imaginar nada. Todo estaría allí, delante de ellos, a la vista. Sin embargo, ahora estaban en un territorio inexplorado, cargado de tensión sexual. Y también tenía su parte de placer. Aunque fuera casi doloroso.

Victoria respiró hondo y aferró el bolso con más fuerza. Dimitri supo que estaba nerviosa y excitada al mismo tiempo, y le pareció curioso que no se hubiera fijado en esos detalles cuando estaba con otras. Quizá, porque no se había divertido tanto con nadie más. Victoria tenía algo que lo atraía irremisiblemente.

Dejó que el silencio se cerrara sobre ellos como un manto, solo roto por el sonido de sus respiraciones y el ruido del ascensor.

Por fin, llegaron a su destino y las puertas se abrieron otra vez. Victoria soltó un gemido ahogado. Dimitri le puso una mano en la espalda y la llevó por el corredor, hacia la suite. En determinado momento, ella le lanzó una mirada fugaz, llena de preguntas que esperaban respuesta, pero no las formuló, y él no se vio obligado a contestarlas.

Al llegar a la entrada de la suite, la abrió y se apartó para dejarla pasar. En parte, por simple educación y, en parte, porque tenía miedo de lo que pudiera ocurrir si se rozaban de nuevo. Victoria afirmaba que no había tomado la decisión a la ligera, que sabía lo que estaba haciendo. Pero Dimitri no estaba tan seguro. Y prefería no perder el control sin tener la certeza de que, efectivamente, quería hacer el amor con él.

Ella cruzó el salón, dejó el bolso en el sofá y, acto seguido, clavó la vista en sus ojos. Él admiró el rojo de su vestido, que contrastaba vivamente con los suelos de mármol blanco, y pensó que aquel día no se habían dado ni un beso. Pero luego cayó en la cuenta de que solo la había besado una vez, en la terraza. Y encontró desconcertante que deseara tanto a una mujer a quien apenas había tocado.

Se soltó la pajarita del esmoquin y caminó hacia ella. Victoria suspiró, aparentemente ansiosa por tenerlo entre sus brazos.

—Date la vuelta, Victoria.

La petición de Dimitri era bastante más inocente de lo que parecía. Durante la gala, no había hecho otra cosa que imaginarse con ella, bajándole la cremallera del vestido. Y no pretendía nada más.

Ella obedeció y se dio la vuelta.

Él se acercó muy despacio, le puso una mano en el

hombro y, tras acariciarle el cuello, le dio un beso en la piel. Victoria suspiró de nuevo, y Dimitri la volvió a besar.

La besó muchas veces antes de que sus dedos se cerraran sobre la cremallera y se la bajaran del todo, dejando al descubierto unas braguitas tan rojas como el vestido y unas nalgas verdaderamente preciosas.

–Supongo que llevas braguitas rojas por motivos puramente prácticos –dijo con suavidad–, pero prefiero creer que te las has puesto por mí. Solo lamento no haberlo sabido antes... porque, si hubiera sabido que llevabas ropa interior tan sexy, te aseguro que no habría esperado una hora entera.

Victoria guardó silencio, pero a Dimitri no le importó. Al fin y al cabo, no necesitaba una respuesta.

Le apartó el vestido de los hombros y dejó que cayera, revelando un cuerpo impresionante. Victoria no se había puesto sostén porque el estilo de la prenda no lo permitía. Y se quedó sin nada más que las braguitas rojas y unos zapatos negros, de tacón de aguja.

Excitado, él la agarró de las caderas y la obligó a darse la vuelta.

–Tampoco te has puesto esos zapatos por mí, ¿verdad?

Ella rio con debilidad.

–No todo tiene que ser por ti...

–No, por supuesto que no. Ahora solo importas tú. Y no sabes lo mal que me siento por no haberte besado en todo el día.

Dimitri ardía en deseos de corregir ese error. Pero en ese momento estaba asombrado con su belleza, contento de no hacer nada salvo admirar la perfección que se alzaba ante él.

Eran segundos de veneración, antes de tomar lo que quería.

Antes de tomar lo que necesitaba.

Al bajar la vista, vio sus manos duras y callosas contra la suave y blanca piel de Victoria y, una vez más, se dijo que no la merecía, que no estaba a la altura del regalo que el destino le había hecho.

Pero, a pesar de ello, la iba a hacer suya.

Y sin tardanza.

Llevó las manos a sus mejillas y la besó en la boca. Ella gimió, le pasó los brazos alrededor del cuello y respondió con idéntica pasión, apretándose con descaro contra su cuerpo. Dimitri no había tenido la oportunidad de quitarse el esmoquin, y se sintió terriblemente frustrado porque la tela no le dejaba sentir su calor.

Se sintió como si se estuviera ahogando. Como si se estuviera hundiendo en unas arenas movedizas y ella fuera la cuerda que lo podía salvar.

Cerró los ojos con fuerza y aumentó la intensidad del beso hasta que notó que Victoria tenía la espalda contra una pared. No se había dado cuenta de que, en su furia sensual, habían cruzado todo el salón. Y no se había dado cuenta porque no era consciente de nada que no fueran sus labios y sus lenguas.

Entonces, rompió el contacto, la besó en el cuello y le lamió la piel en un movimiento descendente que terminó en uno de sus pezones. Luego, cerró la boca sobre él y lo succionó con dulzura, arrancándole un gemido ronco.

Satisfecho, la besó de nuevo en los labios, puso las manos en sus nalgas y la instó a cerrar las piernas alrededor de la cintura, con intención de llevarla así al dormitorio. Ella se lo concedió y se apretó contra

Dimitri hasta que llegaron a la cama y él la tumbó en el centro.

Solo entonces, se quitó la chaqueta, la camisa y la pajarita que se había dejado suelta al entrar en la suite. A continuación, se bajó los pantalones y los calzoncillos y los tiró al suelo sin apartar los ojos de Victoria, quien lo miró con una mezcla extraordinariamente atractiva de admiración, inocencia y necesidad.

–Te toca a ti, Victoria.

Ella alzó las caderas, se llevó las manos a las tiras de las braguitas y se las bajó hasta quitárselas, revelando los pálidos rizos de su entrepierna.

Dimitri se la quedó mirando, encantado con lo que veía.

Tras despojarse de las braguitas, Victoria se volvió a tumbar y se quedó apoyada en los codos, con las piernas separadas y los pechos erguidos. Se estaba ofreciendo a él. Estaba esperando que la consumiera en su fuego.

Una vez más, Dimitri pensó que acostarse con ella era un error. Pero lo deseaba demasiado y, por otra parte, había hecho muchas cosas en la vida a sabiendas de que no las debía hacer.

En ese momento, Victoria le parecía su salvación. Lo que siempre había necesitado.

Se arrodilló en la cama, le puso las manos en las caderas y tiró de ella hacia abajo, de tal manera que el sexo de su prometida quedó a escasos centímetros de su boca. Victoria se aferró a sus hombros y él la miró a los ojos. Estaba excitada y asustada al mismo tiempo.

Sin dejar de mirarla, descendió lo necesario y le pasó la lengua por el clítoris. Ella echó la cabeza hacia atrás y se relajó por completo, entregándose a la experiencia que le ofrecía, entregándose a él.

Dimitri se concentró en su sexo, decidido a darle tanto placer como pudiera. Siguió lamiendo y, poco después, llevó un dedo a la entrada de su vagina y lo introdujo lentamente mientras la seguía seduciendo con la boca. Ella se apretó contra él, urgiéndolo a seguir. Y él se lo concedió. Añadió un segundo dedo y aumentó el ritmo de sus caricias hasta que se dio cuenta de que ya no podía más.

Necesitaba tomarla. Estaba demasiado excitado.

Se incorporó un poco y besó su cadera y su estómago antes de subir para besarla apasionadamente en la boca.

—Sí, Victoria... Dámelo todo. Dame tu placer —susurró.

Ella asintió y le pasó la lengua por la comisura de los labios mientras Dimitri cruzaba los dedos para que los empleados del hotel hubieran hecho bien su trabajo. Se suponía que dejaban preservativos en la mesita de noche, pero no se tranquilizó hasta que abrió el cajón y los encontró allí.

Entonces, sacó uno, lo abrió con rapidez y se lo puso del mismo modo; luego, se volvió a tumbar entre las piernas de Victoria y la empezó a penetrar. Estaba menos preparada de lo había imaginado. Su cuerpo se resistía a la penetración, pero eso no impidió que insistiera hasta conseguirlo.

Ella gimió y le clavó las uñas en los hombros.

—¿Victoria?

Victoria guardó silencio.

—¿Victoria? —repitió él.

Ella sacudió la cabeza, y Dimitri dio por sentado

que no quería palabras en ese momento. Que solo quería seguir.

Se empezó a mover despacio, con delicadeza, en un esfuerzo por excitarla otra vez y borrar la tensión que se había manifestado súbitamente en su cara. No quería hacerle daño. Nunca lo había querido.

¿Por qué estaba tan tensa?

De repente, se le ocurrió la posibilidad de que fuera virgen. Y se sintió tan nervioso como extrañamente encantado.

Pero no permitió que esa duda se interpusiera en su camino. Victoria estaba maravillosamente húmeda y, tras unas cuantas acometidas, cerró las piernas alrededor de su cadera y soltó un gemido de placer.

Él aceleró el ritmo y se concentró en ella por completo durante los minutos siguientes, apretando los dientes e intentando mantener un control que solo se permitió perder cuando Victoria llegó al orgasmo.

Entonces, sus movimientos se volvieron erráticos, fuertes, sin sutileza. No existía nada salvo el cuerpo de Victoria. No había nada salvo el calor de su sexo y el placer que iba creciendo en él inexorablemente.

El clímax fue devastador. Un estallido que arrasó su mente, dejándola limpia y libre.

Cuando se recuperó un poco, descubrió que estaba jadeando y que había apoyado la cabeza en el hombro de Victoria.

Pero también se acordó de la duda, y empezó a atar cabos.

Se apartó de ella, se levantó de la cama y se quedó de pie, mirándola, intentando adivinar sus pensamientos.

Victoria cambió de posición, y él vio la mancha roja en la blanca sábana. Una prueba incomparablemente más real que cualquier palabra que hubiera podido decir.

–¿Por qué no me lo habías contado? –le preguntó.

Se sintió enfermo. En el fondo, lo había sabido desde el principio. Pero se había negado a aceptar la verdad porque la inocencia de Victoria lo atraía. Era como si esa misma inocencia lo pudiera limpiar, como si pudiera borrar los errores de su pasado, como si le ofreciera la salvación y el perdón.

Pero el pasado no se podía cambiar. La sangre de Victoria no podía sustituir la sangre que él había derramado en su juventud. Nada de lo que hicieran le podía devolver lo que había perdido.

Y ahora, él le había robado la inocencia.

Desesperado, se recordó que Victoria Calder no era una niña, sino una mujer adulta, que había tomado una decisión con plena consciencia de lo que hacía. Pero no sirvió para que se sintiera mejor. Porque, aunque fuera cierto, ahora sabía que le había ofrecido un regalo precioso y que él no tenía nada que darle a cambio.

Nada que estuviera a la altura.

Sin decir una palabra, salió de la habitación, abrió las puertas dobles que daban a la terraza y salió a ella completamente desnudo.

Necesitaba un poco de aire fresco.

Desde su punto de vista, no importaba que Victoria le hubiera dado permiso para acostarse con ella. Esa no era la cuestión. La había utilizado para salvarse a sí mismo, y no se lo podía perdonar.

Porque, una vez más, había derramado sangre.

Sangre que no podría limpiar, por mucho que lo intentara.

Capítulo 10

VICTORIA no sabía si podía respirar. No sabía si se podía mover.

Seguía tumbada en la cama, completamente desnuda, con la piel cubierta de su propio sudor y del sudor de su amante, sintiendo el frío del aire acondicionado en los pechos.

Dimitri había estado dentro de ella, más cerca que nadie de su verdadero ser. Y el placer había sido asombroso. Por primera vez en muchos años, se había sentido conectada con otra persona. Verdaderamente conectada.

En comunión con él.

No se parecía nada al afecto que había experimentado hasta entonces. Era un terreno de sinceridad completa, sin espacio para imposturas. Porque ella había temblado mientras estaba entre sus brazos, y él había temblado sobre su cuerpo. Porque había sentido el pulso de Dimitri en su interior, cuando se deshizo en ella. Porque los músculos de su vagina se tensaron sobre él cuando ella llegó al orgasmo.

Se habían entregado el uno al otro.

Y luego, Dimitri había visto la mancha de sangre en la sábana y había huido.

Victoria se maldijo por no haber sido sincera con él. Pero jamás habría imaginado que su virginidad fuera relevante. Al fin y al cabo, no estaban en la Edad Media. Lo que hiciera con su himen era asunto suyo.

Respiró hondo y se levantó. Estaba desorientada y algo mareada, pero tenía que salir a buscar a su amante.

Su amante.

Al pensar en la palabra, le pareció la más hermosa y terrible del diccionario. Tan hermosa como hacer el amor con él, y tan terrible como que él la abandonara después.

Salió del dormitorio y, al ver que las puertas de la terraza estaban abiertas, caminó hacia ellas sin sentir vergüenza alguna por su desnudez, que ya no le importaba. El cálido aire de la noche la arropó como un manto, desvaneciendo el frío que había sentido unos momentos antes.

Dimitri estaba al fondo, entre las sombras, como si se quisiera ocultar.

–Tendrás que perdonar mi ignorancia... –Victoria caminó hacia él–. Soy nueva en estas lides, y no conozco sus normas de etiqueta. ¿Es normal que los amantes jueguen al escondite después de llegar al orgasmo?

Dimitri se giró hacia ella.

–Tendrías que habérmelo dicho –declaró sin más–. Haber dicho que eras virgen.

Ella se encogió de hombros.

–Te dije que no tenía mucha experiencia.

–Eso no es lo mismo que no tener ninguna –observó.

Victoria soltó un suspiro.

–No, supongo que no. Y sé que la culpa es mía... Entre otras cosas, por lo que te conté sobre mi relación con Nathan. Puede que, sin pretenderlo, te indujera a creer que tenía experiencia –reconoció–. Pero no me atreví a decírtelo. Era un asunto bastante enojoso para mí.

–¿Cómo es posible que no se acostara contigo?

Ella carraspeó.

–No lo sé, aunque te aseguro que no fue por falta de oportunidades. Una noche, lo esperé completamente desnuda en mi habitación. Y él se limitó a taparme con una manta y a decirme que eso no estaba bien, mientras me miraba como si yo fuera el ser más triste de la Tierra... No puedes imaginar lo estúpida que me sentí.

Dimitri la dejó hablar.

–Sin embargo, me sentí mucho peor cuando supe que solo le interesaba la empresa de mi padre. Me había ofrecido a un hombre que, además de no sentir nada por mí, me había engañado miserablemente.

–No fue culpa tuya, Victoria. Y el hecho de que Nathan no te deseara no significa en modo alguno que no seas deseable.

–Claro que no. Pero consiguió que dudara de todo. De mi cuerpo, de mi corazón, de mi inteligencia... Y, por si eso fuera poco, dañó mi relación con mi padre.

–Comprendo.

Victoria se encogió de hombros.

–De todas formas, dudo que pueda arreglar las cosas entre nosotros. Aunque le devuelva la London Diva, no estoy segura de que recupere su respeto. Y ni siquiera sé por qué me importa tanto –le confesó–. Solo sé que, esta noche, solo me importabas tú. Sinceramente, no te dije que era virgen porque tenía miedo de que me rechazaras. Y no quería perder esa oportunidad. Pero ha sido un error.

Victoria se sentía más rechazada que nunca. Tal

vez, porque nunca se había entregado tanto, porque nunca se había mostrado tan vulnerable. Y se preguntó si merecía la pena. El dolor era demasiado intenso.

Durante años, había vivido con una armadura tan ancha que nadie la podía alcanzar. Pero había permitido que Dimitri se la quitara, y se empezaba a arrepentir.

Justo entonces, él soltó una carcajada seca.

–¿Crees que no me ha gustado?

Ella se quedó asombrada.

–No lo entiendes, Victoria. No estoy así porque no me haya gustado, sino porque me ha gustado mucho más de lo que debería. ¿Sabes lo que se siente al saber que soy el único hombre que ha hecho el amor contigo? ¿Sabes lo que se siente al saber que he sido tu primer amante, que te he robado la virginidad?

–No.

Dimitri echó un vistazo a su alrededor, como buscando las palabras que, en ese momento, no le salían.

–Me ha gustado, sí, pero yo no tenía derecho a robarte la virginidad. No hay hombre en el mundo que lo merezca menos. Me he comportado como un vampiro ansioso por la sangre de un inocente. Te he utilizado porque tenía la sensación de que tu inocencia me podría limpiar. Y he sido tan injusto contigo como estúpido conmigo. Las heridas del alma no se pueden cerrar tan fácilmente.

Ella lo miró con incomprensión.

–No sé lo que quieres decir. No es verdad que no me merezcas. Y, en cuanto a los errores del pasado, te aseguro que ser virgen no es lo mismo que ser inocente. Yo también he hecho cosas de las que no me siento orgullosa en absoluto.

Dimitri se acercó y le acarició la mejilla.

–Victoria... Sé que has sufrido mucho y que te arrepientes de esas cosas de las que hablas. Pero, en comparación conmigo, eres un ángel. No conoces el verdadero mal. Y no quiero que lo conozcas por mi culpa.

–Ah, ya lo entiendo. Me tienes en una estima tan alta que me vas a abandonar después de hacer el amor conmigo –dijo con ironía–. Pues lo siento mucho, pero no me estás haciendo ningún favor.

–No quiero expiar mis pecados en ti.

–¿Qué tontería es esa? ¿Crees que soy una especie de virgen vestal? Deja de describirme como un ser perfecto que vaga por el mundo sin mancha alguna en su alma. He vivido la vida. Soy parte de la vida. Puede que creciera entre algodones, pero mi trabajo me ha abierto los ojos y me ha obligado a mirar la pobreza, la exclusión y los abusos que sufren muchas personas.

–Lo sé, pero...

–Déjame terminar –lo interrumpió–. No, no soy un ángel. Soy una mujer que tomó la decisión de acostarse contigo. Y era una decisión mía, no tuya. No tienes derecho a sentirte culpable por eso.

–¿Es que no lo comprendes?

–No. Y será mejor que te expliques, porque me estoy empezando a enfadar.

Él sacudió la cabeza.

–Yo también sé lo que se siente cuando te roban la inocencia, Victoria.

–¿A qué te refieres?

–A algo que no tiene nada que ver con lo que ha pasado entre nosotros.

Victoria frunció el ceño.

–Deja de ser tan críptico. Acabo de hacer el amor

por primera vez, tras muchos años de espera. Y estoy en una terraza, a tu lado, tan desnuda por fuera como por dentro –dijo con vehemencia–. ¿No crees que merezco un poco de sinceridad?

–No sabes lo que me pides, Victoria. Es mejor que no lo sepas.

–Deja de tratarme como si fuera una niña –bramó–. Quiero saberlo.

Dimitri la miró de forma extraña.

–Está bien... ¿Qué dirías si supieras que soy un asesino?

Victoria se quedó boquiabierta.

–¿Cómo? No entiendo nada.

–Claro que no. Porque no puedes. Porque, por mucho que afirmes haber vivido, no sabes nada de las cosas terribles de la vida. Te empeñas en creer que soy bueno. Aún no te lo he contado y ya estás buscando justificaciones para lo que pueda decir.

–¿Qué te ha pasado?

–Yo no crecí en las calles de Moscú. Soy el hijo de un oficial del Ejército ruso que fue un gran hombre hasta que las circunstancias lo destrozaron. No sé exactamente lo que pasó... Solo sé que todos sus amigos, sus camaradas de armas, murieron en una operación militar de la que él salió con vida. Al principio, se hundió en la depresión. Luego, empezó a beber más de la cuenta. Y se volvió violento.

Dimitri se pasó una mano por el pelo.

–La violencia aumentó con el transcurso de los años, y yo empecé a vivir en el miedo. Miedo por lo que pudiera pasar –continuó–. Una noche, al volver del colegio, vi que mi madre estaba acorralada en una esquina y que mi padre sostenía dos pistolas.

A Victoria se le encogió el corazón.

—Oh, Dimitri...

—Me preguntó si quería jugar a un juego distinto, consistente en saber quién de los dos perdía el coraje en primer lugar. Después, me lanzó una pistola y apuntó con la otra a mi madre. Yo le demostré en el último momento que había líneas que no podía cruzar.

—Dios mío —dijo, horrorizada.

—Creo que ni siquiera llegó a saber lo que pasó. Todo fue demasiado rápido. Apreté el gatillo y lo maté.

Victoria tardó unos segundos en hablar.

—Se lo merecía, Dimitri. No te sientas culpable.

—No me siento culpable, pero maté a una persona. Maté a mi propio padre, cuya sangre formó una charco en el entarimado de la casa. Y te aseguro que eso te cambia. Al matar, pierdes una parte de ti mismo. Y una parte de mí está enterrada con él.

Ella tragó saliva.

—¿Qué pasó luego?

—Los militares se hicieron cargo del asunto. Abrieron una investigación, decidieron que yo había actuado en legítima defensa e impidieron que la noticia llegara a los periódicos. No querían que se hiciera público, porque la gente habría sabido que mi padre estaba desequilibrado por culpa de una operación del Ejército que había salido mal. Metieron el polvo bajo la alfombra, como se suele decir.

—¿Y qué hizo tu madre?

—Me echó de casa. Dijo que no me quería volver a ver. Dijo que yo era un asesino, y me llamó cosas terribles... a pesar de que mi padre no me había dejado otra opción —explicó—. De repente, me vi solo y en la calle. Sin opción alguna.

Victoria asintió lentamente. Empezaba a entender.

–Es una historia terrible, Dimitri. Pero tú no me has quitado nada, no me has arrebatado una parte de mí. Me has ofrecido tu entrega, y yo te he ofrecido la mía.

Él la miró con desesperación.

–¿Es que no lo comprendes? No puedo estar contigo. No lo merezco...

Ella se acercó y le dio un abrazo.

–Me da igual lo que hicieras hace años, en Moscú. Es agua pasada –afirmó–. Lo que importa es el presente, y lo que has hecho esta noche significa mucho para mí.

Dimitri guardó silencio.

–Llévame a la cama, por favor –siguió Victoria–. Hazme el amor otra vez.

–No es posible que quieras que te toque. No después de lo que te he contado...

Victoria se apartó lo justo para alcanzar la mano de Dimitri y ponérsela sobre su pecho.

–Quiero que me toques y que me acaricies como antes –insistió–. Tú no me has robado la inocencia, pero, si estás convencido de ello, vuelve al dormitorio y termina el trabajo. Tómalo todo. Cámbiame por completo. Hazme tuya.

–No tengo nada que darte a cambio –dijo.

–Te equivocas. Ya me has dado mucho. De hecho, me lo has dado todo.

–¿A qué te refieres?

–A tu pasión.

Él la miró con intensidad y suspiró.

–Debería marcharme, pero no puedo. Supongo que es por culpa de la parte de mi ser que perdí hace tanto tiempo.

–En ese caso, espero que no la encuentres nunca.

–Dudo que pudiera. Si existe un infierno, estará en él.

Victoria le acarició la cara.

–Bueno, esta noche no tenemos que preocuparnos por ningún infierno –dijo con humor–. Porque, cuando estoy contigo, estoy en el cielo.

Él sonrió, se inclinó sobre ella y le dio un beso.

–¿Estás segura de lo que dices? Esto es todo lo que te puedo dar.

–Lo sé.

–Terminará al final de nuestro acuerdo, Victoria. Ahora tenemos que ir a Nueva York y, después, a Londres. Y podemos seguir siendo amantes... pero terminará en cuanto recuperes la empresa de tu familia.

La perspectiva de perder a Dimitri le dolió mucho. No quería que se fuera. Ya lo había asumido. Sin embargo, no tenía sitio para un maestro en artes marciales cuyas manos estaban manchadas de sangre.

No encajaría en su vida. O, al menos, en la vida que había llevado.

Pero ¿quería volver a su vida anterior?

–Por supuesto –dijo–. Con la condición de que, hasta entonces, seas mío como yo quiera y cuando yo quiera.

–Trato hecho.

Victoria fue sincera con Dimitri. Se contentaba con la promesa de tenerlo hasta que volvieran a Londres y le traspasara la propiedad de su padre. Pero se dio cuenta de que quería mucho más. Quería que fuera suyo para siempre.

La antigua Victoria se habría asustado y habría salido corriendo de allí. ¿Cómo era posible que lo quisiera hasta ese punto? La nueva, se acercó a él y le dio un beso.

Era consciente de que terminaría con el corazón roto. Pero merecía la pena.

Porque, por primera vez desde su adolescencia, se sentía viva. Y si el dolor era la condición de sentirse viva, estaba dispuesta asumirlo.

Dimitri sería suyo mientras fuera posible.

Hasta el amargo final.

Capítulo 11

HA IDO bastante bien, ¿no crees?
Victoria miró a Dimitri, que todavía llevaba el traje. Había pasado casi una semana desde que dejaron Nueva Orleans y volaron a Nueva York, para seguir con los actos de presentación de la fundación Colvin. Y todo estaba saliendo a pedir de boca. La prensa los apoyaba abiertamente, y la recaudación de fondos era un éxito.

—No sabría qué decir —contestó él—. El simple hecho de ponerme un traje y dar conversación me resulta intolerable. Por no mencionar la necesidad de dar discursos... Pero supongo que tienes razón.

—Son gajes del oficio —observó—. Eres un personaje público.

Estaban en la habitación del hotel. Dimitri se había quedado de pie, junto a la cama, y le pareció tan guapo que el pulso se le aceleró. Aunque ya no podía ser objetiva. Cuanto más tiempo pasaba con él, más le gustaba.

—Ha salido muy bien —insistió ella—, incluso mejor que el acto de Nueva Orleans. Sospecho que el juicio de los periódicos será positivo.

—Si tú lo dices, será verdad. Confío en ti.

—Yo no estoy tan segura de eso...

—Pues deberías estarlo, porque es cierto. Confío en ti —repitió.

Dimitri se llevó la mano al cuello de la camisa y se soltó el nudo de la corbata.

—¿En serio?

—Sí, aunque comprendo que no te lo creas —contestó—. Al fin y al cabo, sabes que no confío en nadie.

—¿Y eso lo dices para tranquilizarme?

—Por supuesto. Si afirmo que no confío en nadie y, sin embargo, confío en ti, será porque nuestra relación me parece muy especial.

—¿Relación? No es más que sexo —dijo ella.

Dimitri sacudió la cabeza.

—Es intimidad —puntualizó él—. Vivimos juntos y nos acostamos juntos todas las noches, algo que no haría si no confiara plenamente en ti. Ten en cuenta que me podrías degollar mientras duermo.

—No podría.

—Lo sé. Pero déjame que te diga una cosa... Cuando has vivido tanto como yo, aprendes a desconfiar y a mantener el control en todo momento. Te cruzas con gente capaz de cualquier cosa. Gente capaz de entrar en tu habitación en mitad de la noche para robarte el dinero ganado en una pelea. Pero tú, cariño mío... Tú has conseguido que vuelva a confiar, y que me encante perder el control.

Victoria sonrió, emocionada.

—¿Lo perderás un poco más si me quito el vestido?

—Hay grandes posibilidades.

Ella se llevó una mano al hombro y se bajó la tira sin apartar la vista de sus ojos.

—Aunque si prefieres que charlemos...

Él se empezó a desabrochar la camisa.

—¿Charlar? ¿Para qué? Prefiero hundirme en tu precioso cuerpo.

Victoria se estremeció. Siete días antes, la declaración de Dimitri la habría asustado y avergonzado a la vez. Pero siete días podían ser mucho tiempo, y ahora se sentía tan segura que hasta se atrevía a provocarlo.

–¿Crees que yo perdería el tiempo con conversaciones cuando te tengo dentro de mí? –replicó con ironía.

Victoria se bajó la otra tira y respiró hondo, consciente del roce de la tela contra sus pezones. Una vez más, se había puesto el vestido de color rojo. Y se lo había puesto por él, porque sabía que le gustaba mucho.

Dimitri la miró con un deseo que avivó el suyo. Ya no le preocupaba la posibilidad de perder el control. De hecho, estaba encantada de perderlo, porque sabía que jugaban a lo mismo y que él lo perdía tanto como ella.

Se bajó la cremallera y dejó que el vestido cayera al suelo. Al igual que en otras ocasiones, había optado por no ponerse sostén. Y Dimitri soltó un suspiro de admiración que la excitó un poco más. Definitivamente, ya no tenía miedo. Ahora sabía lo que quería. Y sabía que aquel hombre era el único que se lo podía dar.

Lo demás carecía de importancia.

Se bajó las braguitas y las dejó junto al vestido. Él se sentó en el borde de la cama, sin apartar la vista de Victoria, que se acercó desde la altura de los zapatos que Dimitri le había regalado en Nueva Orleans.

Eran la clase de zapatos que le gustaban. Los que hacían que quisiera ser especialmente travieso con una mujer. Y estaba dispuesta a aprovecharse de ello.

Un segundo después, se puso a horcajadas sobre él y lo miró a los ojos.

–Eres preciosa. ¿Lo sabías?

Victoria sonrió. Estaba contenta con su físico, pero Dimitri conseguía que se sintiera verdaderamente bella. Como si hubiera algo en su interior que solo podía ver él. Algo que solo él podía apreciar.

–Eso no me importa tanto como el hecho de que tú me encuentres preciosa.

Él cerró las manos sobre sus nalgas y le dio un beso. Victoria se estremeció y se sorprendió de nuevo al pensar en lo mucho que habían cambiado las cosas. Su desconfianza mutua se había transformado en confianza ciega. Sabía que, si se dejaba caer, Dimitri la sostendría. Y no le preocupaba que su relación tuviera los días contados. Quería disfrutar del presente. Aunque hubiera cometido el error de enamorarse.

–¿Y tú? ¿Me encuentras atractivo?

Su pregunta la emocionó. Parecía una tontería, pero significaba que le estaba abriendo su corazón, que ya no se sentía obligado a mantener una fachada de hombre duro en todo momento.

–Siempre he vivido rodeada de belleza. Objetos bonitos, casas bonitas, museos, fiestas... esas cosas. Pero tú, Dimitri, eres más bello que nada. Un depredador que me ha arrastrado a su guarida. Un hombre que ha sufrido, un hombre con cicatrices, un hombre imperfecto y, precisamente por ello, perfecto para mí.

Victoria no pudo ser más sincera. Había encontrado la perfección en la imperfección, y se había enamorado de ella. Además, ya no era la misma. Dimitri había cambiado su forma de sentir y de vivir.

Él no pagó sus palabras con palabras. La tumbó, le separó las piernas y empezó a lamer, implacable. Victoria se aferró a sus hombros y se concentró en sus caricias y en la tensión que crecía rápidamente en su interior. Al cabo de un rato, se volvió tan intensa que se supo al borde del clímax. Justo entonces, Dimitri le metió un dedo y añadió la chispa que necesitaba para llegar al orgasmo.

Pero quería más.

Con piernas temblorosas, se levantó de la cama y abrió el cajón donde habían guardado los preservativos, que últimamente ocupaban el primer lugar en la lista de prioridades de Victoria. Luego, sacó uno, rompió el envoltorio de plástico para tenerlo preparado y lo dejó en el colchón antes de ordenar:

–Levántate y desnúdate.

Dimitri sonrió con picardía.

–Tus deseos son órdenes para mí.

–Me alegro, porque ahora estoy al mando.

–Si quieres el mando, te lo concedo –dijo en voz baja.

–Oh, no, nada de concesiones. Quiero tu rendición, y ninguna rendición es real si se concede por voluntad propia.

–Si tú lo dices...

A pesar de su ironía, Dimitri se levantó y se empezó a quitar la ropa, metódicamente. Empezó por la chaqueta y la corbata, que lanzó al suelo. Siguió por la camisa, que dejó al descubierto sus fuertes pectorales. Y terminó con los pantalones y los calzoncillos, ofreciéndole el paisaje de sus musculosas piernas y de su ancho y orgulloso sexo.

–Túmbate en la cama.

Los ojos de Dimitri se iluminaron.

–¿No vas a decir «por favor»?

–No. Así que túmbate en la cama o saldré de la habitación y te dejaré tal como estás, deseoso y excitado.

–No me dejas elección...

Ella tragó saliva.

–Tienes elección. Conmigo, siempre la tienes.

–Pero te irás si no obedezco...

Victoria se encogió de hombros.

–Nadie ha dicho que todas las elecciones sean buenas. Túmbate de una vez.

Él se sentó en la cama y, a continuación, se tumbó.

–¿Qué hago ahora?

–Pon las manos por encima de la cabeza.

Dimitri obedeció sin apartar la vista de sus ojos. Victoria se inclinó y alcanzó la corbata que él había dejado en el suelo.

–Cuando nos vimos por primera vez, estabas luchando. Eres muy fuerte, Dimitri, el hombre más fuerte que conozco, pero quiero que seas mío. ¿Confías en mí?

–Te confiaría mi vida.

Victoria se sintió como si aquellas palabras hubieran curado todas sus cicatrices e inseguridades.

Dimitri confiaba en ella. A diferencia de su padre, e incluso de sí misma.

Parecía un milagro.

–En ese caso, quédate como estás.

Victoria se arrodilló en la cama y le dio un beso fugaz en los labios, sin soltar la corbata. Después, le juntó las manos por encima de la cabeza y se las ató bien. Dimitri se mantuvo inmóvil en todo momento, como ofreciéndole su rendición. Pero ella sabía que la verdadera rendición era la suya.

Por fin, al cabo de tantos años, se había rendido al deseo. Sin preocuparse por lo que fuera o no fuera socialmente correcto. Sin preocuparse por nada salvo su propia necesidad.

Tomó el preservativo que había dejado en el colchón, lo sacó del envoltorio y se lo puso a Dimitri con un movimiento rápido. Él se arqueó con un gesto de placer, y ella se puso encima, a horcajadas.

–Victoria...

–¿Impaciente, quizá?

Él gruñó y frotó su duro sexo contra la húmeda entrada del sexo de su amante.

–¿Impaciente? –repitió–. Si no respondes a mi pregunta, me iré.

Victoria necesitaba saber que Dimitri era tan esclavo de ella como ella de él. Necesitaba saber que la ansiaba con la misma fuerza.

–Sí, lo estoy –contestó.

–¿Y qué quieres hacer?

–Estar dentro de ti.

Victoria se puso en la posición correcta y descendió lentamente, dejando que el duro sexo de Dimitri la penetrara hasta el fondo.

–Oh, Victoria...

Él añadió unas palabras en ruso que ella no pudo entender. Pero el tono no dejaba lugar a dudas, así que le dio lo que le estaba pidiendo, lo que ambos deseaban.

Apoyó los brazos en la cama y se empezó a mover despacio, estableciendo un ritmo que aumentara la tensión. Al cabo de unos momentos, aumentó la velocidad y puso una mano en el caliente y sudoroso pecho de Dimitri, bajo el que latía un corazón desbocado.

Victoria se estaba acercando al clímax, y se dio cuenta de que a él le pasaba lo mismo. Era una de las ventajas de aquella posición. Se sentía más cerca de su amante y, al mismo tiempo, se sentía más responsable de sus necesidades.

Los dos se hundieron en el orgasmo cuando se inclinó hacia delante y le rozó la cara con sus senos. Victoria notó que los músculos de su interior apretaban el sexo de Dimitri, tensos tras la tormenta. Y se tumbó sobre él, con la cabeza apoyada sobre su pecho, escuchando los latidos de su corazón.

Pero su alegría duró poco.

Instantes después, se acordó de que su relación tenía los días contados. Y no podía hacer nada. Aunque se aferrara a él y le atara las muñecas. Aunque se hubieran rendido el uno al otro, una noche más.

Al final, Dimitri se iría.

Capítulo 12

DIMITRI no intentó desatarse. No tenía prisa. Había algo embriagador en el hecho de permitir que lo mantuviera cautivo, algo tan satisfactorio como turbador a la vez, algo que apelaba extrañamente al joven que había sido en Moscú, cuando se vio obligado a sacrificar su alma para librar a su madre de un monstruo.

Pero entonces no tuvo elección. Fue un simple esclavo de las circunstancias. Y ahora era esclavo de una mujer que le permitía elegir. Una mujer que, a diferencia de su madre, no lo rechazaba. Una mujer que lo quería a su lado.

En ese sentido, la corbata que ataba sus muñecas era más explícita que ninguna palabra que hubiera podido pronunciar. Tan explícita como la cabeza de Victoria, que seguía apoyada en su pecho. Y los brazos de Victoria, que aún lo abrazaban.

Para él, era algo completamente nuevo. Deseaba rendirse a otra persona, pertenecer a otra persona.

Y, de repente, tuvo miedo. Se sintió más expuesto que nunca.

—Desátame —ordenó con brusquedad.

Victoria cambió de posición y le desató la corbata. Sabía que se la podía haber quitado él mismo, pero necesitaba que se la quitara ella. Que ella tomara la decisión.

–El juego ha terminado –continuó, tenso.

Ella apretó los labios y lo miró con intensidad.

–¿Por qué? ¿Es que te asusta? ¿Es que tienes miedo de mí?

–No tengo miedo de ti, princesa –mintió–. Si me dieras miedo, no habría permitido que me ataras las manos.

–¿Ah, sí? Por Dios, Dimitri... Los dos sabemos que, si hubieras querido, te podrías haber soltado en cualquier momento.

Él respiró hondo.

–No le quites importancia. No sabes cuánto me ha costado, Victoria. No estoy acostumbrado a dejar el control de una situación en manos de otra persona. La última vez que lo hice, tuve que apretar un gatillo y acabar con la vida de un hombre.

–Dimitri...

–¿Sabes de dónde saqué la pulsera de cuero?

–¿La que me diste?

Él asintió.

–Se la quité a mi padre cuando murió –dijo–. Me incliné sobre su cadáver, se la quité de la muñeca y me la puse... Como recordatorio de que no me había dejado otra salida. Como recordatorio de lo que mi padre hizo de mí.

Dimitri se pasó una mano por el pelo y añadió:

–A partir de entonces, mi vida estuvo marcada por la violencia. Yo no quería ser el hombre que soy ahora, pero no pude elegir.

–Si no quieres ser ese hombre, cambia.

–¿Crees que es fácil? Piensa en ti, por ejemplo. Te

has negado el amor durante más de una década porque un hombre te engañó cuando tenías dieciséis años... ¿Y esperas que yo, que maté a mi padre, actúe como si no hubiera pasado nada?

–Pero podemos elegir, Dimitri. Siempre podemos elegir.

–Yo no pude. Las circunstancias me forzaron a matar a mi padre o permitir que nos matara a mi madre y a mí.

–Sí, pero no creo que eso sea lo que te perturba. No creo que sea lo que te da miedo ahora.

–Entonces, ¿qué es?

–Lo que pasó luego.

Dimitri sintió un escalofrío. Victoria estaba muy cerca de la verdad. Demasiado cerca de una herida que seguía sangrando.

–No sabes lo que dices –bramó.

–Por supuesto que lo sé. Como tú mismo has dicho, soy especialista en aferrarme a dolores del pasado.

–Oh, pobrecita. Un tipo te engañó y tu papá se enfadó mucho... Qué gran tragedia –se burló–. Maté a mi padre, Victoria. Se desangró en el suelo, delante de mis ojos.

–Lo sé, pero esa no es la cuestión. Aunque tu historia sea incomparablemente más terrible que la mía, hiciste lo mismo que yo. No estás así porque mataras a tu padre; no estás así porque tomaras la única decisión que podías tomar, sino porque te condenaste a ti mismo en tu interior y te convertiste en prisionero de tu propio sentimiento de culpa.

–¿Estás diciendo que soy culpable?

–De lo que lo que pasó entonces, no. De lo que pasó

después, sí –dijo Victoria–. Eres culpable de seguir aferrado a aquella muerte. Pero tú eres mucho más que eso... Colvin lo sabía. Por eso te sacó de Moscú, te llevó a Inglaterra y te convirtió en el hombre que eres ahora. Y yo también lo sé... Por eso te amo.

–No, no pronuncies esas palabras –le rogó.

–Solo he dicho la verdad. Uno de los dos tiene que empezar a decir la verdad.

–¿Por qué? ¿Por qué me amas?

Dimitri pensó que ni siquiera tendría que haberlo preguntado. Estaba convencido de que no merecía su amor. Pero necesitaba saberlo, porque era la única persona que lo había querido en mucho tiempo.

–Al principio, creí que solo me quería acostar contigo, que era una simple cuestión de deseo. Pero aquella noche, en la terraza de Nueva Orleans, despertaste algo en mí. Algo que se volvió más profundo con el paso de los días... Me sentí como si una niebla se hubiera despejado y empezara a ver con claridad.

Victoria se detuvo un momento y lo miró a los ojos.

–Sé lo que quiero y confío en lo que quiero –prosiguió–. Te quiero a ti, Dimitri. Un luchador. Un campeón. El mejor hombre que he conocido en toda mi vida. El único hombre que me ha amado de verdad.

A Dimitri se le encogió el corazón. Durante unos instantes, consideró la posibilidad de aceptar lo que le estaba ofreciendo. Pero se dijo que era una fantasía. Él no tenía nada que ofrecer. No podía amar. Era como si hubiera muerto en Moscú, con su padre.

Justo entonces, supo lo que sucedía.

Aquello no estaba relacionado con su padre, sino con su madre. Tenía miedo de entregarse otra vez, de darlo todo y de que, a cambio, lo rechazaran.

Y no lo podía permitir.

No se podía rendir hasta ese extremo.

–No, Victoria. Lo nuestro es imposible.

–¿Por qué? –preguntó, dolida.

–Porque yo no te amo.

Dimitri pronunció esas palabras con asco, odián-
dose a sí mismo. Era plenamente consciente de que
estaba mintiendo.

–Ah...

Victoria se mordió el labio, y él supo que debía poner fin a aquella situación. Rápidamente, con un golpe
decisivo, como en los combates.

–¿Recuerdas lo que te dije sobre tu inocencia? ¿Que
me sentía atraído por ella? Pues bien, tu inocencia ha
desaparecido por completo, y ya no te encuentro interesante.

–No te creo. Ni dices la verdad ahora ni la dijiste
entonces. No eres un canalla.

–Dios mío, Victoria... sigues siendo tan tonta como
a los dieciséis años. ¿Como es posible que te hayas
dejado engañar otra vez?

–¡Yo no me he dejado engañar! –exclamó–. Ya no
soy la chica que fui. Tú me devolviste una parte de mí
misma que creía perdida. Y no tienes derecho a qui-
tármela ahora. Gracias a ti, me he vuelto más fuerte,
más libre, más consciente de todo.

–Yo no te he dado nada, cariño. Me he limitado a
tomar.

–¿A tomar?

–Sí, tu precioso cuerpo –contestó–. Pero no es la
primera vez que me acuesto con una mujer, y te aseguro que tú no serás la última. Para mí, ha sido algo
rutinario.

Dimitri estaba mintiendo. Ninguna mujer le había hecho el amor como ella. Ninguna le había atado las muñecas. Ninguna había conseguido que deseara ser suyo. Ninguna salvo Victoria Calder.

Sin embargo, su estrategia tuvo éxito.

–¡Márchate de aquí!

–Esta es mi habitación. No me puedes echar.

Ella empezó a recoger su ropa.

–Eres un hombre insufrible –dijo, temblando–. ¿Crees que me he dejado engañar por tu interpretación? No soy estúpida. Y no voy a permitir que me uses como una especie de penitencia para redimirte por tus pecados. Te he dado lo que te quería dar. Ha sido mi decisión. Y no me arrepentiré de quererte.

–Victoria...

–No digas nada más. Nuestro acuerdo termina en este momento.

Victoria se calzó y se puso el vestido.

–No puedes romper nuestro acuerdo... Según el documento que firmamos, te quedarías sin la empresa de tu padre.

–Ya no la quiero. No quiero nada de ti ni de mi padre ni de nadie. Estoy harta de someterlo todo a un pasado que no puedo cambiar –dijo entre sollozos–. ¿Por qué me haces esto, Dimitri? Se supone que debería ser fácil... que amar a alguien debería ser fácil.

Segundos después, Victoria abrió la puerta y salió de la habitación en silencio.

Una vez más, Dimitri se quedó solo.

Esta vez no estaba en las calles de Moscú, sino en un hotel de lujo. Pero, por algún motivo, se sentía mucho peor que entonces. Mucho más solo que tras matar a su padre y perder el afecto de su madre.

Sin embargo, su sentimiento de soledad no era tan terrible como el dolor que lo atenazaba. La clase de dolor de la que había estado huyendo durante tantos años. Un dolor que reconoció al instante.

Se había llegado a convencer de que su alma estaba tan dañada que no podía amar a nadie. Y no era cierto.

Estaba enamorado de Victoria. La amaba con locura. Pero seguía convencido de que Victoria merecía algo más que un hombre herido y con las manos manchadas de sangre, un hombre sin nada que ofrecer.

Se llevó las manos al estómago y se dobló hacia delante. Durante su carrera de luchador, había recibido más golpes de los que podía recordar. Pero ese dolor era muy distinto a recibir un puñetazo o una patada. No había defensa posible, no había escapatoria. Hiciera lo que hiciera, estaba a su merced.

Nunca había querido que las cosas llegaran a ese punto. Había aceptado la propuesta de Victoria porque era conveniente para los dos. Y ahora, ella se había marchado. Ni siquiera quería que le traspasara la propiedad de la empresa.

Había renunciado a la London Diva y había renunciado a él.

Pero se dijo que había hecho lo correcto. Era mejor para ella. Había estado demasiado tiempo en las sombras, y tenía que empezar a vivir.

Lejos de un hombre que seguía atrapado en la oscuridad.

Victoria no era mujer que dilapidara el dinero. El desencuentro con su padre la había obligado a trabajar para ganarse la vida y, aunque tenía dinero de sobra, hacía lo posible por no malgastarlo. Pero esta vez hizo una excepción. En cuanto salió del hotel, se dirigió al aeropuerto y compró un billete de primera clase, ridículamente caro, para volver a Inglaterra.

Y ahora, varias horas después de dejar a Dimitri, estaba sola en su piso de Londres.

No podía creer lo que había pasado. Era muy injusto. Estaba harta de entregarse a personas que le negaban su afecto. Nathan le había partido el corazón. Su padre le había partido el corazón. Y, en el colmo de la ironía, Dimitri se lo había partido después de curárselo.

Sin embargo, ya no era la mujer que había sido. Esta vez no se iba a encerrar en sí misma. No iba a repetir el error de aquella chica de dieciséis años. No se odiaría ni dejaría de vivir por culpa de un hecho del que no era responsable. Y si lo era, aprendería a perdonarse.

Pero ahora tenía algo que hacer.

Se acercó al lugar donde había dejado el bolso, sacó el móvil y marcó un número de teléfono.

–¿Dígame?

–Hola, papá.

–Hola, Victoria. ¿A qué debo el placer de tu llamada?

–He roto mi compromiso.

–Ah, bueno... Supongo que no me sorprende –dijo con frialdad.

Victoria respiró hondo, enfadada.

–Sabía que no te sorprendería. Cometí un error una vez, una sola vez, y crees que solo soy capaz de cometer errores. Pero esto es muy diferente. He roto el compromiso porque no está enamorado de mí, y sé que merezco algo más.

–Victoria...

–Además, me he dado cuenta de que devolverte London Diva no serviría de nada –lo interrumpió–. No recuperaría tu respeto. Y me niego a que una equivocación como aquella determine toda mi vida.

Su padre carraspeó.

–¿Crees que has perdido mi respeto?

–¿No querías acaso que lo creyera? –replicó–. Sé sincero, papá. Di la verdad de una vez por todas.

–Bueno... Debes reconocer que cometiste un error muy grave.

–Porque se aprovecharon de mí. Porque era una chica inocente y tomé una decisión equivocada –se defendió–. ¿Tengo que pagarlo durante el resto de mi vida?

–Yo no pretendía que pagaras nada...

–Pero no me has perdonado.

Su padre guardó silencio durante unos segundos.

–Te equivocas, Victoria. No me he perdonado a mí mismo. Nathan me engañó tanto como a ti. Y en lugar de enfadarme con él, me enfadé contigo.

Victoria derramó una lágrima solitaria.

–Entonces, superemos el enfado y sigamos adelante. La vida ya es bastante difícil como para complicarla más.

Su padre suspiró.

–¿Vas a venir a cenar la semana que viene? Creo que tenemos que hablar de algunas cosas...

–Sí. Me gustaría mucho.

Ella se empezó a sentir mejor. No podía reconstruir el puente con Dimitri, pero tal vez pudiera reconstruir el puente con su padre.

–En ese caso, te llamaré por teléfono para quedar.

–De acuerdo.

–Victoria...

–¿Sí?

–Te quiero mucho, hija.

–Y yo te quiero a ti, papá.

Victoria colgó el teléfono. Se sentía tan aliviada que se preguntó por qué había tardado tanto tiempo en sincerarse con su padre.

Luego, se acercó al sofá y se sentó.

Aún llevaba el anillo de compromiso que Dimitri le había regalado. Un anillo que, al principio, no quería. Con un diamante que ni siquiera era del color que le gustaba. Y, sin embargo, ya no se imaginaba sin él.

Subió las piernas al sofá y miró la joya.

No se lo había querido devolver. Habría sido tanto como admitir que su relación había terminado. Y no estaba preparada para eso. Quería sentirlo un poco más, aferrarse a la esperanza de que lo suyo tenía solución.

Pero ¿qué estaba haciendo? ¿Es que no había aprendido nada? ¿Se iba a aferrar otra vez al pasado?

Desesperada, se quitó el anillo del dedo y decidió que se lo devolvería de inmediato, antes de anunciar en público el fin de su compromiso. Porque no estaba dispuesta a seguir con esa farsa. No estaba dispuesta a subirse a un escenario, bailar con él y fingir que eran la pareja más feliz del mundo.

Sin embargo, no lo iba a dejar en la estacada. Al margen de lo que hubiera pasado, la Fundación Colvin era demasiado importante. Seguiría con el proyecto e intentaría que todo saliera bien. Pero en la distancia. Lejos de él.

Victoria volvió a mirar el anillo.

Sabía que Dimitri llegaba a Londres al día siguiente, a última hora de la tarde. Solo tenía que meter el anillo en un sobre y enviárselo al gimnasio, porque también sabía que iría directamente al gimnasio. Después de tantas semanas de trajes y conversaciones educadas, estaría ansioso por volver a su medio natural.

A esas alturas, lo conocía muy bien. Tan bien como él a ella.

Y aunque fuera ella quien le había atado las manos, era consciente de que aquella corbata los había atado a los dos. Se habían entregado el uno al otro. Y él lo había aceptado. Y significaba algo.

—Bueno, puede que no —se dijo en voz alta—. Puede que solo significara algo para mí.

Se tumbó y empezó a trazar un plan.

A fin de cuentas, solo podía hacer eso o dejarse dominar por la desesperación y romper a llorar. Pero, si empezaba a llorar, se hundiría en el abismo.

Capítulo 13

DIMITRI volvió a golpear el saco de boxeo. Estaba agotado y cubierto de sudor. Llevaba horas en el gimnasio, pero no encontraba solaz alguno. Por primera vez en su vida, el ejercicio no le servía de válvula de escape.

Y, desgraciadamente, tampoco podía encontrar sosiego en el amor. Porque solo deseaba a una mujer. La mujer a quién él había abandonado. La mujer que amaba.

Al cabo de un rato, sonó el timbre de la puerta. Dimitri dejó el saco de boxeo, se secó con una toalla y se dirigió a la entrada del local. Sentía una presión tan desagradable en el pecho que, en otras circunstancias, habría pensado que estaba a punto de sufrir un infarto. Pero no era más que angustia. Y la había sentido desde que Victoria salió de la habitación del hotel.

Cuando abrió la puerta, se encontró delante de un hombre que llevaba uniforme de cartero.

—¿Dimitri Markin?

—Sí.

—Tengo un sobre para usted, señor.

El cartero le dio el sobre, y Dimitri asintió.

—Gracias...

En cuanto se quedó a solas, rasgó el sobre y examinó su contenido, pero no parecía que contuviera nada. Extrañado, lo rompió un poco más y, a continuación, lo inclinó.

El anillo cayó en su mano. El anillo de compromiso.

Dimitri perjuró en voz alta, rabioso, y lanzó la joya al otro lado de la sala. Necesitaba romper algo, destrozar algo, lo que fuera con tal de no sentir el dolor que crecía y crecía dentro de él desde que se había separado de Victoria.

No encontraba satisfacción ni descanso. Había hecho ejercicio hasta llegar al borde de la extenuación, pero todo era inútil. No había nada que pudiera aliviar aquella sensación de impotencia y de soledad absoluta, que le rompía el alma.

Entonces, se dio cuenta de que en el sobre había algo más. Una pequeña nota, escrita con letra de mujer, que decía así:

Hola, Dimitri:
Quedé en devolverte el anillo y aquí lo tienes, en cumplimiento de nuestro acuerdo. Por favor, enciende la televisión a las cuatro en punto, en el canal de espectáculos.
Atentamente,
Victoria.

Dimitri miró el reloj de pared y vio que faltaban pocos minutos para las cuatro, así que encendió el televisor con manos temblorosas y buscó el canal que le había indicado. Era la primera vez que lo sintonizaba.

Justo entonces, una presentadora de cabello oscuro anunció que Victoria Calder se disponía a hacer una declaración oficial sobre la ruptura de su compromiso con Dimitri Markin. Al oírlo, se quedó helado. ¿Por qué quería que viera eso? ¿Por venganza? ¿Para hacerle tanto daño como él a ella?

Pero, de ser así, ¿cómo sabía que tenía ese poder? No podía hacer daño a un hombre que, supuestamente, no la quería; un hombre que se había limitado a divertirse un poco y que ya se había aburrido de sus atenciones.

Solo había una explicación: que no se había dejado engañar por sus palabras. Sabía que estaba enamorado de ella.

A las cuatro en punto, Victoria apareció en el plató y se sentó junto a la presentadora, quien tras saludarla y presentarla a los espectadores, dijo:

—Tengo entendido que desea hacer una declaración oficial sobre el fin de su relación con Dimitri Markin, el famoso excampeón de artes marciales.

Victoria asintió.

—En efecto. Desgraciadamente, hemos roto nuestro compromiso. Dimitri es un hombre maravilloso, con el que estaría encantada de vivir. Pero las relaciones pueden ser muy difíciles. Y por mucho que quieras a alguien, el amor es cosa de dos, no solo de uno.

—¿Insinúa que el señor Markin no está enamorado de usted?

—Eso carece de importancia en este momento. Sin embargo, la ruptura de nuestro compromiso implica que no estaré a su lado durante los próximos actos en beneficio de la Fundación Colvin. Y, sinceramente, lo lamento mucho. Es un proyecto que merece la pena, un proyecto que solo podía ser hijo de un gran hombre, de un hombre admirable al que siempre querré.

Puede que no nos vayamos a casar, pero seguiré apoyando su trabajo.

Victoria se puso a hablar sobre los programas de la fundación, para sorpresa de un Dimitri que no salía de su asombro. Suponía que su apoyo al proyecto era sincero, porque no tenía motivos para mentir. Pero ¿también eran sinceras las palabras que le había dedicado a él? ¿Era posible que lo quisiera hasta ese punto?

Rápidamente, alcanzó una camiseta negra y se la puso. Sabía que debía darse una ducha, pero no tenía tiempo. Necesitaba hablar con Victoria. Inmediatamente.

Mientras la escuchaba, se había dado cuenta de que había cometido el mismo error que ella. Se había castigado a sí mismo por un pasado que no podía cambiar. Y estaba harto de desperdiciar su vida.

Por fin sabía que no estaba condenado a la infelicidad. Podía seguir en las sombras o elegir la luz. Podía elegir. Y estaba preparado para la luz.

La entrevista dejó agotada a Victoria, que había hecho un esfuerzo sobrehumano por mantener la compostura y refrenar las lágrimas. Al salir a la calle, se puso las gafas de sol y decidió volver andando a casa. No estaba lejos de los estudios de la cadena de televisión y, por otra parte, no le apetecía subirse a un taxi o tomar el metro.

Apenas había dado unos cuantos pasos cuando vio que la gente que estaba por delante miraba con interés a un hombre que se había parado en mitad de la acera, dificultando el tráfico; un hombre de ropa negra y zapatillas deportivas.

Victoria se quedó atónita.

—¿Dimitri?

Él sonrió.

—Dijiste que encendiera la televisión y lo he hecho. Imaginaba que estarías por aquí.

—Ah...

—¿Es verdad lo que has dicho?

—Por supuesto. La ruptura de nuestra relación no cambia lo que pienso sobre tu trabajo. Estás haciendo algo bueno para la gente.

—No me refería a eso...

—Entonces, ¿a qué?

—A lo que has dicho sobre mí. Que me amarás siempre.

Ella sintió vértigo.

—Dimitri, estamos parados en mitad de una acera, molestando a todo el mundo...

Dimitri la tomó entre sus brazos.

—Tienen sitio de sobra para pasar —afirmó—. Y ahora, contesta a mi pregunta. ¿Es verdad lo que has dicho?

—¿Qué importa eso?

—Mucho. De hecho, es todo lo que importa.

—Pues sí, es cierto, te amo. Te amaba cuando dijiste esas cosas terribles en la habitación del hotel. Te amaba cuando me tumbé en mi sofá y rompí a llorar. Te amaba cuando me quité el anillo del dedo y lo metí en un sobre. Y te amo ahora. Ahora mismo. Aunque me sometas a un interrogatorio en mitad de la calle.

Él le dio un beso tan apasionado como breve.

—Menos mal... —dijo después.

—¿Menos mal? No entiendo nada, Dimitri. Dijiste que no me querías...

—Te mentí. Creo que te amo desde que bailamos

juntos aquella noche, en la gala de Nueva Orleans. Pero estaba convencido de que yo no te podía dar nada, de que no merecía tu afecto. Hasta que hace unos minutos, al verte en la televisión, me he dado cuenta de que he estado haciendo lo mismo que tú, castigarme por un error del pasado. Y no quiero castigarme más. Quiero estar contigo.

Los ojos de Victoria se llenaron de lágrimas.

—Oh, Dimitri...

—No puedo creer que viera en ti lo que no he sido capaz de ver en mí hasta esta misma tarde. Era como si viviera en un punto ciego.

—Lógico. Ver los defectos de los demás es más fácil que ver los de uno mismo. A mí me ocurrió algo parecido... Cuando nos empezamos a conocer, supe que tenías que cambiar algunas cosas. Pero no reconocí las que yo tenía que cambiar —le confesó—. Tú me abriste los ojos, Dimitri. Conseguiste que viera el mundo y que me viera a mí misma de un modo completamente distinto.

—Y tú me has devuelto el favor. Porque, si tú me amas, ¿cómo me puedo odiar?

—¿Odiar?

—Sí, Victoria. Me he odiado durante años. Me jactaba de haber superado lo que pasó, pero el pasado me seguía a todas partes, recordándome la muerte de mi padre y el rechazo posterior de mi madre. Me tenía atrapado, y no me podía mover. Era como si reviviera constantemente el momento en que apreté aquel gatillo.

—Por favor, no te odies —le rogó en un susurro—. Eres el mejor hombre que he conocido. Y lo digo en serio.

—Yo solo era un chico asustado. Hasta que mi madre me miró como si estuviera ante el mismísimo demonio, y pensé que tal vez lo estaba. Me convencí de que yo no merecía la pena. De que no merecía vivir sin dolor.

–Los dos hicimos lo mismo, como bien has dicho. Yo me negué el amor pensando que, de ese modo, recuperaría el respeto de mi familia. Pero eso ya ha terminado... ¿Sabes una cosa? Hablé con mi padre y me pidió disculpas por haberse enfadado conmigo en lugar de enfadarse con Nathan.

–No sabes cuánto me alegro...

–Desde luego, no soy totalmente inocente. Cometí un error. Pero he pagado con creces. Los dos hemos pagado con creces.

–Es cierto.

–Te amo, Dimitri. Quiero dejar de ser la desgraciada hija de Geoffrey Calder. Quiero empezar a ser yo misma, Victoria. Simplemente Victoria.

–La mujer que entró en mi vida como un huracán y lo cambió todo –dijo con una sonrisa–. Eres todo un caso, ¿sabes?

–Y tú. Incluso es posible que no seamos tan malos... A fin de cuentas, nos hemos cambiado el uno al otro.

–Te amo, Victoria. No había amado a nadie desde que me marché de mi hogar, en Rusia. Y te amo tanto que mi corazón ya no tiene sitio para el odio y la ira. Tu amor lo ocupa todo.

–Como el tuyo en mi corazón.

Victoria le pasó los brazos alrededor del cuello y le dio un beso. No le preocupaba que estuvieran en una acera de Londres, sometidos a las miradas de los curiosos. Un mes antes, se habría sentido abochornada y culpable. Pero ya no.

Porque era feliz. Porque se había enamorado. Porque Dimitri la amaba.

Súbitamente, él se llevó una mano al bolsillo y sacó el anillo de compromiso.

–Quiero que te lo pongas de nuevo. Y esta vez significará algo. Te lo prometo.

–Ah...

–A no ser que quieras un diamante blanco. No te obligaré a llevar un anillo que no te gusta.

–Es curioso –dijo–. Si pudiera elegirlo ahora, elegiría este.

–Pero si no te gustaba...

–Pero me lo regalaste tú. Y ahora me encanta.

Él la tomó de la mano y se lo puso en el dedo.

–¿Te quieres casar conmigo, Victoria?

–Por supuesto que sí...

–En ese caso, ya sé lo que te voy a regalar. La empresa de tu padre.

–No hace falta. Ya no la necesito.

–Puede que tú no la necesites, pero sería una forma excelente de ganarme el favor de mi futuro suegro.

Victoria soltó una carcajada.

–Sí, desde luego...

–Ah, lo olvidaba. Tengo otra cosa para ti.

Dimitri se quitó la muñequera de cuero y se la dio.

–Esto es tuyo –dijo–. Tenías razón. Me aferré al pasado, pero ahora quiero ser libre. Quiero que tú seas lo único que me ate.

Victoria miró la muñequera.

–Creo que ya no la necesitamos, ¿no te parece?

Él sacudió la cabeza.

–No, ya no.

Victoria se giró y tiró la muñequera a la papelera más cercana.

–Habría sido mejor que la tiráramos desde un puente o algo así, pero no quiero perder el tiempo buscando un lugar apropiado.

Dimitri rio.

–Vaya, ha sido menos dramático de lo que pensé...

–Porque ya lo has superado. Ya lo has expulsado de tu corazón.

–Gracias a ti...

–Bueno, yo también te debo mucho.

Dimitri la tomó entre sus brazos y la miró con ternura.

–No soy precisamente un príncipe. Después de estar a punto de casarte con uno, no sé si te acostumbrarás a estar con un hombre del montón.

–Pero tú me amas. Y eso es mejor que ningún príncipe.

–Yo no estoy tan seguro, aunque me alegra que pienses así.

Victoria le dio un beso en los labios.

–Será mejor que busquemos un lugar más íntimo. Creo recordar que, cuando te propuse que te casaras conmigo, me pediste que me desnudara.

–Sí, es posible...

–No me mostré precisamente encantadora la primera vez, pero te aseguro que ahora seré de lo más agradable –le prometió.

–Bueno, pero no seas demasiado agradable. Adoro una buena pelea.

–Nunca dejarás de ser un luchador...

Dimitri volvió a reír.

–Es posible. Aunque no tengo intención de pelearme contigo.

–No será necesario. Ahora eres mío. Para siempre.

–No sabes cuánto significan esas palabras para mí...

–Tengo una vaga idea al respecto. Básicamente, porque también significan mucho para mí.

–En ese caso, los dos estamos con quien tenemos que estar.

Victoria lo tomó del brazo y, a continuación, se pusieron a andar entre la multitud.

–Cierto –dijo ella–. Y siempre estaremos juntos.

Ella iba a rendirse al dulce sabor de la tentación

Gabriel Cabrera podía conseguir lo que quisiera solo
con arquear una ceja.
Al menos, hasta que cono-
ció a Alice Morgan, su nueva secretaria, y se dio cuenta de tres cosas:

   1) Estaba celoso... por
primera vez.

   2) Él era quien la perse-
guía... también por primera vez.

   3) Ella era inmune a sus
encantos... ¡eso sí que
era la primera vez!

Cada una de sus palabras
era una promesa de placer
y cada vez que la tocaba lo
hacía seductoramente. De
una u otra forma, conseguiría que la dulce y virginal
Alice se rindiera a él.

El sabor de la tentación

Cathy Williams

Acepte 2 de nuestras mejores novelas de amor GRATIS

¡Y reciba un regalo sorpresa!

Oferta especial de tiempo limitado

Rellene el cupón y envíelo a
Harlequin Reader Service®
3010 Walden Ave.
P.O. Box 1867
Buffalo, N.Y. 14240-1867

¡Sí! Por favor, envíenme 2 novelas de amor de Harlequin (1 Bianca® y 1 Deseo®) gratis, más el regalo sorpresa. Luego remítanme 4 novelas nuevas todos los meses, las cuales recibiré mucho antes de que aparezcan en librerías, y factúrenme al bajo precio de $3,24 cada una, más $0,25 por envío e impuesto de ventas, si corresponde*. Este es el precio total, y es un ahorro de casi el 20% sobre el precio de portada. ¡Una oferta excelente! Entiendo que el hecho de aceptar estos libros y el regalo no me obliga en forma alguna a la compra de libros adicionales. Y también que puedo devolver cualquier envío y cancelar en cualquier momento. Aún si decido no comprar ningún otro libro de Harlequin, los 2 libros gratis y el regalo sorpresa son míos para siempre.

416 LBN DU7N

Nombre y apellido	(Por favor, letra de molde)
Dirección	Apartamento No.
Ciudad	Estado	Zona postal

Esta oferta se limita a un pedido por hogar y no está disponible para los subscriptores actuales de Deseo® y Bianca®.
*Los términos y precios quedan sujetos a cambios sin aviso previo.
Impuestos de ventas aplican en N.Y.

SPN-03   ©2003 Harlequin Enterprises Limited

LA PROPUESTA DEL JEQUE

FIONA BRAND

Horas antes de anunciar su compromiso con la novia que su padre le había escogido, el jeque Kadin Gabriel ben Kadir se dejó llevar por la tentadora Sarah Duval. Pero esa apasionada noche desencadenó un embarazo y Gabriel juró que formaría parte de la vida de aquella mujer y del bebé.

Su plan era reemplazar un matrimonio de conveniencia por otro; se casaría con la cautivadora Sarah, que provocaba en él un deseo ardiente… y mantendría el corazón fuera del trato. Pero Sarah quería un alma gemela. ¿Cómo iba a unirse a un hombre que había jurado no dejarse gobernar por el amor?

Iba a hacer lo imposible por casarse
con la madre de su hija

¡YA EN TU PUNTO DE VENTA!

Bianca

Sería su esposa y la madre de su hijo... pero nunca tendría su amor

Para escapar de los errores del pasado, Kathy atendía mesas durante el día y por la noche limpiaba. Su mundo nada tenía que ver con el de Sergio Torenti, un millonario despiadado y guapísimo. Pero una noche Sergio se fijó en que, bajo aquellas horribles batas, Kathy escondía un cuerpo perfecto... y ella le entregó su virginidad. Kathy creía que eso sería todo... pero entonces descubrió que se había quedado embarazada.

Sergio quizá no fuera capaz de amarla, pero se casaría con ella y sería el padre de su hijo.

Cautiva del italiano

Lynne Graham